KB115486

당신이라는 갸록

리토피아포에지·100
당신이라는 갸륵

인쇄 2020. 1. 20 발행 2020. 1. 25
지은이 김인자 펴낸이 정기옥
펴낸곳 리토피아
출판등록 2006. 6. 15. 제2006-12호
주소 22162 인천 미추홀구 경인로 77
전화 032-883-5356 전송032-891-5356
홈페이지 www.litopia21.com 전자우편 litopia@hanmail.net

ISBN-978-89-6412-127-6 03810

값 9,000원

이 도서의 국립중앙도서관 출판예정도서목록(CIP)은 서지정보유통지원시스템 홈
페이지(http://seoji.nl.go.kr)와 국가자료종합목록 구축시스템(http://kolis-net.nl.go.kr)
에서 이용하실 수 있습니다. (CIP제어번호 : CIP2020001152)

김인자 시집

당신이라는 가룩

리토피아
LITERATURE & UTOPIA

시인의 말

가을 내내
홀로 붉은 사루비아에게
차마 할 소리는 아니지만,
말과 생각, 껍데기에 휘둘리지 않고
그 속에 흠뻑 젖어본 사람은
대상과 합치하기보다는
안도 아니고 밖도 아닌
대상 자체가 되는 것이
가장 이상적이라고 본다.
그러니까 네가 무례히 금을 넘어
쓰나미처럼 밀려와
죽일 듯 나를 휘두른들
그것이 내가 너를
사랑할 이유가 되겠느냐.

옜다. 이 꽃 도로 받아라.

2020년 1월
김인자

차례

제2부 일상, 삼류소설을 너무 많이 읽은 나는

제3부 자연, 꽃에 물들거나 바람에 마음 베이는

제1부

길, 아름다운 유배

나무와 나무가

고택이나 절집 혹은 궁궐
문살이나 반닫이 같은
옛 건물이나 가구를 보면
저걸 만들 때
목수에게 얼마나 많은
순간의 희열이 있었을까를
생각하게 된다

특히 깎은 나무구조에
다른 나무가 한 치의 오차도 없이
꼭 맞게 비집고 들어가
다시는 빠지지 않을 것처럼
확고하게 자리를 잡을 때

양

달리는 차를 세웠지
초록이 물결치는 몽골 초원에서
그렇게 광활한 평원은 처음이었어
양떼들은 거친 곳에 몰려 풀을 뜯었지
철조망만 넘으면
젖과 꿀이 흐르는 풍요의 땅인데
주인은 왜 양에게 경계 밖을 고집하는 걸까
그때 누군가 알려 주었어
저들에게 풍요한 풀밭을 허락하면
양들은 허겁지겁 성찬에만 눈이 멀어
배가 터져 죽게 된다고
먹어도 먹어도 허기지는 메마른 풀밭에 두는 건
오직 배가 터져 죽는 걸 막기 위해서라고
사람이 가까이 가도 꿈쩍 않고 풀만 뜯는 양을 보며
굶주린 콘도르가 살아있는 양의 눈알을 빼먹고 나면
눈을 잃어 장님이 된 양을 통째로 구워먹었다는
마종기 시인의 '파타고니아의 양'이 생각났지
양떼도 날이 저물면 별자리를 보고

집을 찾는다는 말은 믿기지 않았지만
전날 내가 손가락을 빨며 배부르게 먹은 고기도
어쩌면 배가 터져 죽은 슬픈 운명의 양은 아니었을까
먹이다툼으로 살생이 일상이 되어버린 인간계
양의 눈알을 노리는 굶주린 파타고니아의 독수리와
배 터져 죽은 몽골의 양과 그 양고기를 먹는 사람들
그날 이후 니는 양을 볼 때마다
불룩한 눈알과 배를 보는 버릇이 생겼지
그것이 슬픔인지 기쁨인지 알 순 없지만
내게도 첫날처럼 시작 못한 이야기가 있었지

께냐

마추픽추를 돌아 쿠스코 난장에서 께냐 하나를 샀다
안데스음악을 좋아하는 그를 위한 선물이었다

여행에서 돌아와
살아서 함께 부르는 노래가 많을수록
죽은 뒤에도 오래 남는다는 걸 아는 듯
사랑하는 사람의 정강이뼈로 만들었다는
잉카의 전설을 익히 아는 그가 밤마다 께냐를 불었다

곁에 있으면 그리움이 될 수 없다는 말은 거짓말
눈에서 멀어지면 마음도 멀어진다는 말 역시 새빨간 거짓말
저릿저릿 흘러가는 강물도 말라
웃어도 저리 애끓는 가락이 되었구나

바람 속 먼지처럼 영원한 것은 없다는 듯
구멍마다 흘러나와 어깨를 도닥여주는 노랫말
괜찮아 다 괜찮아 영혼을 위무하는 피리소리

한 생을 되돌린다 해도 다시 못 볼 그 한 사람
사랑하는 사람이 죽어야 탄생하는 악기
오늘, 살아서 불어주는 그대의 께냐

부겐빌레아

차라리 절망이라고 말하지
아프리카 마사이마라에도 피고
히말라야 길목에도 피는 꽃
통속적이긴 해도 차마 가증스럽다고는 못 하겠네
신의 실수로 조화가 되려다 생화가 된 꽃
아니라면 용서하시게

노예 문서에 찍은 붉은 도장
스무 번쯤 읽은 그렇고 그런 삼류소설의 줄거리
아니 자신도 어쩔 수 없었을 화냥기
너무 오래 울었나 봐
뭇 사내 앞에서 얼굴은 웃고 있지만
밤마다 베갯잇을 적시던 무용수가 생각나

그대 입술은 여전히 붉지만 달콤하지는 않다네
신의 실수가 있었더라도
부디 아무 곳에나 씨를 뿌리지는 마시게

술에 취해 길바닥에 드러누운 그대 때문에
오늘은 내가 우네
눈물이 없어 슬픈 꽃
열여덟에 집을 나가 타관을 떠도는
내 조카 딸년 같은 꽃 부겐빌레아

몽유강천보기

불안을 내려놓자 낮은 신음소리로 달려가던 강은 물비린
내로 깊어지고 말았습니다 깊다는 건 넓이를 어둠 속에 담
고 있다는 것이겠지요 높고 깊고 소스라치게 그윽한, 그럴
지라도 생각과 몸이 기우는 곳은 여전히 당신입니다 풀잎을
흔들던 바람은 기어이 가을을 문 앞에 세우고야 말았습니다
구름 사이로 귀소하던 두루미 떼의 유연한 비상을 보았던가
요 눈앞의 강은 그대로인데 몽유라면 이 같은 그림을 눈앞
에 전개한 자연과 살아있음을 감사로 전언하는 당신이야말
로 전 생애를 통틀어 가장 황홀한 몽유지요

산그늘이 깊어지네요 잠시 눈을 감았다 떴을 뿐 10년이
어제 같은데 가을장마는 이미 건너가고 없는 로맨스라 했던
가요 잠에서 깨어 이슬에 아랫도리를 흥건히 적시던 그날
아침은 한 번도 입맞춤 해보지 못한 당신의 향기가 나의
꽃밭에 흘러 넘쳤습니다 그 향기 때문에 나는 오래 어지러
웠고 뻔한 길을 헤매야 했지요 향기를 따라가다 보니 꽃밭
에서 멀어지거나 터무니없이 가까워지는 이상한 일들이 일
어났고요 칼날 같은 통증이 가슴을 스칠 때마다 꽃들은 불

꽃처럼 솟구쳤고 홀로 그 넓은 꽃밭을 지키는 일은 형벌 같았답니다 다시 밤이 오고 아침이 와도 그 꽃밭에 남은 당신의 향기는 여전했답니다 당신과 내가 원하는 그곳에 닿을 수 없다는 걸 알았을 때 비로소 꽃도 시들고 향기도 사라졌다지요

리빙 하바나

너는 아투로 나는 마리아넬라

밤이다, 날이 밝기 전에 우리

말레콘을 넘는 푸른 파도와 끈적거리는 재즈와

붉은 혁명이 숨 쉬는 하바나로 가자

부에나 비스타 소셜클럽은 어때?

가서 기꺼이 자유로운 새가 되자

막차를 놓친 연인처럼 밤거리를 배회하다

누울 자리 하나만 있으면 그만

몸이 누더기가 되도록 밤새 사랑을 나누고

시가를 물고 커피향에 취해

눈을 뜨는 아침이면 좋겠구나

너는 아투로 나는 마리아넬라

이 빛 스러지기 전 어서 가자 하바나로,

모든 영혼을 혁명에 바칠 수 있는

우리 여행의 종착지는 역시 쿠바여야 해

낙타 등신

낙타는 허공의 붉은 바다를 무장무장 헤엄쳐갔다
어디로 가는 것인지
지붕도 문짝도 없는 길들이
돌아서면 지워지고 사라졌다
우우~ 낙타가 울었다
현생에 노마드가 되는 길은 멀고도 험했다
바람도 지쳐 식어가는 천막 속 온도계는 62도를 가리켰다
내 생애 비등점으로 기록될 살아있는 저 시뻘건 눈금
눈금을 확인하는 순간 땡볕에 앉아
눈 한 번 돌리지 않는 낙타 저놈은
어디가 아프거나 뭔가 단단히 잘못되었구나 했다
낙타는 달궈진 프라이팬 같은 모래 위에 제 몸을 구우며
무슨 죄 그리 많아 말도 안 되는 고초를
신음 한 번 내지르지 않고 부동으로 견디는 것인지
나는 낙타를 향해 삿대질에다 야유까지 퍼부었다
저 등신, 등신 같으니라구!
그 말끝에 한 남자가 씨익 웃으며 지나갔다
낙타의 원죄까지는 알고 싶지도 않지만

살아있어도 산 것이 아닌 낙타가

종일 하체를 접고 불 속에서 눈만 깜빡거렸다

말도 안 되게 지독한 놈이거나 아니면 완전히 맛이 간 놈

나는 그렇게 단정 짓고 투항하는 자세로

무너진 허리에 파스를 붙이며 저녁이 오기를 기다렸다

밤이 오기도 전에 아침을 기다리는 일은 얼마나 무모한가

그럴지라도 끝내 낙타를 미워하지 못한 건

언젠간 찰박찰박 걸어서 나를 오아시스로 데려다 줄 그가 아닌가

떠날 생각에 몸서리를 치기도 했으나

만월이 떠올랐을 때 나는 눈을 크게 뜨고

여기서 생이 정지되어도 좋겠단 꿈을 꾸었다

늦은 밤 미치지 않으면 목숨 부지할 수 없노라 누군가 속삭였다

나 역시 정신줄 놓쳐 예까지 왔노라 고백했다

귀신처럼 바람의 말을 알아듣는 낙타

얼마나 많은 낙타의 눈물이 소금을 만들었을까

그 밤 나는 낙타보다 열 배는 더 등신 같은 한 사내를

생각했다

　수만 개의 보석이 걸린 하늘은 죽음보다 환했다

　우우 바람이 모래를 나르는 소리, 여우 우는 소리가 귀를
파고들었다

　그날 이후 내 몸에는 사하라의 검은 아이가 무럭무럭 자라
고 있다

애월涯月

그러니 가보자 하고 달려간 곳이 애월이다
저 푸른 바다 굽잇길 돌면 무엇이 기다리는지
조금, 조금만 더 가보자 손을 끌었던 건 바람이다

전생에 어느 양반가문의 첩실 이름 같은 애월
정신줄 살짝 놓은 늙은 작부의 이름 같은 애월
물질이 싫어 타관을 떠도는 해녀 딸 같은 그 이름 애월

항구에는 출항을 기다리는 낡은 배들이
서로의 옆구리를 긁으며 시간을 견디고 있다
뭇 사내들이 바다에 몸을 던진 곳
그들을 따라 바다로 간 지어미는 또 몇이나 될까
때 늦은 유채꽃 향기가 부른 그리움 따윈
까맣게 잊고 싶었으나
파도가 애월아 애월아 목을 놓으니
밤이 이슥토록 자리를 뜰 수가 없구나

뭍으로 가는 막배를 고의로 놓치고

갈 곳 없는 나는 방파제에 앉아
저 물가에 찰방거리며 노니는 달그림자를 안고
애원하고픈 마음에 속이 탄다
대체 누가 이토록 애끓는 이름을 지어
열일곱 춘정처럼 내 맘 흔들어 설레게 하는지

애닯고 서러워라
애월이 물가의 달빛이라니

인연

　만상은 흐름 속에 오직 한 컷 풍경으로만 남고 나머지는
사라진다고 했다 그렇다면 저 오래된 돌탑 또한 울컥하고
말 찰나의 명멸일 뿐인가 지상에서 연을 맺은 우리도 그러
한가

　전생에 당신은 신라의 승려였고
　나는 천민의 여식이었다죠
　부석사 배흘림기둥에 서서
　내가 나를 떠나도
　당신은 나를 떠나지 않겠다던
　무언의 약속을 꿈처럼 기억해요
　정월 그믐밤이었지요
　곁에 없어도 함께 하자며
　서로의 손목에 붉은 실을 묶었던가요
　험한 저잣거리를 홀로 떠돌다 예까지 왔으나
　남은 길 여전히 험하고 아득해
　새의 날개를 훔치고 싶을 때도 있었지요
　날개를 욕망하는 순간 다리마저 꺾일 줄이야

그렇다고 포기야 하겠어요
전생을 건너 이생에서 못 보면
다음 생엔 반드시 만날 거라며
경전에 두 손 얹고 바친 서약 어찌 잊겠어요

얼마나 많은 계절이 흘렀을까요
낡은 몸 밀며 끌며 오르던 거기
아, 뉘신가요
세월을 이기지 못해 얼굴이 뭉그러진 탑 하나가
선하디선한 미소를 짓고 있네요
믿어요, 믿을 게요
나만 그리워한 것이 아니란 걸요
겨우 한 가닥 남은 붉은 실이 끊어지기 전에
손을 잡아야 할 텐데
저 감나무엔 엄동에도 붉은 홍시가
청사초롱을 밝히고 있군요
오늘을 기다리고 또 기다렸을 당신
당신이 나를 버린 것이 아니라

내가 당신을 떠났다는 걸 알았을 때

너무나 애통해 나는 마른 땅에 엎드려 흐느끼고

당신은 산이 떠나갈 듯 쩌렁쩌렁 웃다가 울다가

이런 애절이 있을까요

이런 통절이 또 어디에 있을까요

아, 이제 정말 몇 발자국

아주 조금만 더 가면

오늘 밤, 아니 늦어도 내일 새벽이면

당신 손을 잡을 수 있겠지요

가까워질수록 더욱 그립고

죽도록 애달픈 당신

네 잘못이 아니야

나는 왜 세상에 왔을까
나는 왜 노마드가 되었을까
나는 왜 이 많은 짐을 자처했을까
나는 왜 맨발을 좋아할까
나는 왜 울보일까
라고 독백할 때
그대가 속삭여 주면 좋겠다
그건 네 잘못이 아니라고

낭만에 대하여

음악이 흐른다면 최백호의 '낭만에 대하여' 같은 거겠지
방파제가 보이는 2층 등대다방에 앉아
쌍화차를 시켜야 하나 망설이다 커피를 시켰다
대체 얼마만인가 불륜처럼 달착지근한 이 맛
갈매기 따라 김 양도 박 양도 떠나고 없는
지금처럼 낯설고 옹색한 여백에 홀로 놓여질 때
영화 속처럼 담배라도 한 대 꼬나물면 딱이겠으나
그도 여의치 못하니,
내 꼬라지 그러하므로 일찌감치 여관으로 발길을 돌렸다
어디서 굴러먹다가 예까지?
나만큼 늙은 여주인의 눈빛이 그리 묻고 있었지만
그런 당신은? 하고 맞장 뜨지는 않았다
아랫목에 가방을 던져놓고 빛바랜 커튼 사이로
쪽창에 입술을 뭉개며 저무는 바다를 보고 있는데
주책이다 무슨 눈물바람이람
동해에선 정말 바다밖에 볼 것이 없는 걸까
오늘 밤 여관주인과 외간남자가 한 판 놀자하면
처음에는 조금 빼기도 해야겠지

그러다가 에라 모르겠다 잔을 받고

한 곡조 권하면 뭘 부를까 침까지 꼴깍 삼키고 있는데

문밖의 저 알코올 냄새 설마 도라지 위스키는 아니겠지

마시지도 취하지도 않고 나는 열창에 열창을 거듭했다

나앙마네 대하여어~ 그것도 질펀한 탱고 버전으로

나 정녕 노랫말이 전하는 생의 비의 따윈 아는 바 없지만

오면서 지동치기 말썽을 부려 삼기리기 센디에서

작은 부품 하나 교환한 건 그나마 잘한 일이다

낯선 곳에선 한 번쯤 속아주는 것이 예의일 것 같아

순정부품이냐 따지지도 확인하지도 않았다

한 해의 끝자락, 그렇게 멋대로 달려서 도착한 동해바다

어디서 그가 보고 있다면 자유도 무엇도 못 되는 나를

측은해 할까

멀쩡한 남자를 걷어차고 낭만 운운하며 길을 떠나

고작 비린내 진동하는 선창가나 기웃대는 한심한 여자를

내가 아니면 누가 거둬 줘?

그래서 더욱 진하게 보듬어 줄 수밖에 없다고

이젠 그렇게 속삭여 주지도 않겠지

새

완전한 고립을 꿈꾸며 사하라사막으로 숨어들었지
사랑에 빠져 세상으로 나가는 길을 지우고
날개가 퇴화되어 새라는 사실조차 잊어버린 두 마리 새

두고 온 숲이 그리워질 때면
모래산으로 올라가 서로의 깃털을 다듬으며
흘러가는 구름에게 안부를 전하는

한때는
우리의 사랑도 저 새를 꿈꾸지 않았던가

우물

내 두 눈으로 똑똑히 보았지
말라위 칸데비치 마을
겁에 질려 죽을힘으로 견뎌냈을
13살 곤도웨이의 그 맑고 깊은 우물

주술사의 무딘 사금파리로 집도 되었을
뜯다 만 수제비반죽처럼 씹다 만 껌처럼
일그러진 어린 소녀의 측은한 할례

소녀의 우물에서 피어나던 시든 과일향기

처음 본 여행자에게 치마를 걷고 속살을 보이며
우렐레 우레헤~ 우렐레 우레헤~
춤추고 노래 부르던 철없는 곤도웨이
그날, 바람 부는 말라위 호숫가에서
내가 본 잊히지 않는 작은 우물 하나

송두리째 일그러진 한 여자의 그것

니르바나 게스트하우스

 어떻게 예까지 왔는데 되돌아가란다 니르바나는 저 아래 있다고, 창밖 풍경이 초 단위로 바뀌자 헛된 욕망과 세상의 속도에 맞추려 안달하던 불안은 사라지고 없다 대체 이 근거 없는 안도감은 어디서 발원한 걸까 행운을 배달해줄 배달부 따윈 절대로 오지 않을 히말라야 골짜기에 밀항자처럼 스며들었으니 이 계절만은 만년 빙하 속에서도 따스한 멸망을 꿈꾸련다 6시의 기상 알람과 8시에 떠나는 기차는 잊으련다 느슨해지련다 시체를 기다리는 독수리의 눈을 탐하지 않고 불규칙하게 뛰는 심장도 나무라지 않으련다 당신이 부재할 땐 궁전을 가지고도 난민이었다 내가 오르고 싶은 유일한 산은 당신이었다는 고백도 지우련다 매번 저 산의 진언을 받아 적을 순 없더라도 내 상처는 내가 보듬으련다 더는 비루하고 궁구한 생을 탓하지 않으련다 죽음처럼 고요해지련다

 세속은 잊으련다 이곳이 지상의 마지막 거처가 된다 해도 전망 좋은 숙소는 바꾸지 않으련다 아무 것도 하지 않아도 되고 어떤 것도 거부할 수 있는 이 빛나는 지상의 시간들을

아낌없이 탕진하련다 불운했던 과거나 욕망은 야크에게 주련다 누구도 기다리지 않으련다 울지 않으련다 깨어있으련다 설인이 되어 가뭇없이 사라지련다 세상으로 나가는 길이 끊겼단 기별이 온대도 부르던 노래는 계속하련다 백치처럼 웃으련다 내가 사라져도 여전히 눈은 내릴 테고 룽다는 펄럭이겠지 그토록 꿈꾸던 머나먼 땅 세세토록 영혼의 비무장지대로 남을 정토, 비행기 추락으로 실종될 확률보다는 눈사태나 별에 맞아 죽을 확률이 높은 히말라야 골짜기 생쥐 낮짝만한 창가에 나팔꽃이 보초를 서는 이곳은 니르바나 게스트하우스

마라도 馬羅島

무엇도 구걸하지 않겠다
생각하는 대로 보고 보는 대로 생각하는 게 맞다면
가릴 눈도 덮을 고통도 없는 이곳이야말로
내가 찾던 그곳이 아닌가
온갖 고초를 당하고도 무릎 꿇지 않는 갈대와
거친 풀들이 길을 내주는 바람언덕에 서면
발바닥이 풍선처럼 부푼다

이 생에 한 번은 닿아야 할 당신이라는 섬
바람 속에서도 바람이기를 꿈꾸던 당신
아직도 당신은 당신을 연민하는가
가물거리는 이름을 호명해 본다
해질녘 바다를 건너온 불빛의 유혹도 잠시
이 망연한 찬란을 위해서라면
내일도 그다음 날도 선창엔 가지 않으리

찬란인지 착란인지 모를 대양의 검푸른 빛
돌아간다고 하지만 이 섬에서 추방당한 사람들이

잃은 자신을 찾아 바다에 방을 붙이고
쫓기듯 섬을 떠나는 뒷모습이 다급해 보인다

보지 않았으면 좋았을 걸,
살레덕 선창가 갯바위에서 풍장 중인 새를 보았다
고독사한 어느 노파를 보는 듯했다
어쩌면 그의 곁에 있을 때조차 고독했을 사람

저 바다를 부유하는 마음 속 하염없는 여백
등대 밑에서 기다린다는 기별은 바람이 전해주겠지
너무 그리우면 이름도 얼굴도 잊는다더니
풀잎 흔드는 바람소린가 아침을 깨우는 물새소린가
지금 당신은 무엇으로 내 곁을 서성거리는가

아무리 쓸쓸해도 수선화는 피는구나
구 할이 바람이고 나머지 일 할도 바람인
국토 최남단비에 마음 한 자락 묶고 가는
그리워 섬이 된 이곳은 바람의 제국 마라도

종일 풍랑의 선착장 지키는 자전거 한 대
누굴 기다리는가
어디로 가는 배를 기다리는가

선운사 배롱나무

꿈에서 본 꽃이 이 꽃일까
보고도 못 본 척 붉을 대로 붉은
선운사 배롱나무 꽃그늘 아래에서
나른한 생의 오후를 보낸다

폭염을 뚫고 예까지 왔으나
온 거리만큼 더 멀어진 길에 서니
무엇 때문에 이곳을 갈망했는지
알 길이 없어라

법당의 염불 소리 멎자
무엇을 빌고 참회하려는지
스님의 독경을 매미가 잇는다
저 매미에게 남은 시간은 얼마나 될까
나는 왜 또 그것이 궁금한 건지

농담濃淡으로 치면 그리 붉은 것도 아닌데
폭염 때문인가 치명적으로 붉은 저 꽃

바람이 풍경을 스치고 지나가면
붉은 슬픔도 후두둑 지고
삼복염천에 절정을 이루는
부처꽃과에 속한다는 배롱나무꽃은
겨울 동백이나 봄의 홍매와는
사뭇 다른 열정이고 애증이다

해가 기울자 반쯤 찬 달이 육층석탑에 걸리고
비로소 아무도 기억하지 못하는 곳에 숨어들어
천 년 전 인연을 맘껏 추억하고 그리워한들
무엇이 달라지는가

차마 법당 안으론 들지 못하고
대웅보전 앞 만세루 기둥에 등을 기댄 채
피 같은 배롱꽃 바라보며 자리 지킬 때
내 입술이 나도 모르게
엉뚱한 고백을 할까봐 두려웠던 순간들
나는 지금의 나와 더 멀어지거나 가까워지기 위해

그 자리를 지키고자 했던 건 아닐까

어둠이 내려 경내를 산보할 때
꽃잎에 물방울이 맺힌 걸 보고서야
소나기가 다녀간 줄 알았다

베롱나무꽃이리 발음하고 나면
왠지 등이 간지럽고
혀가 달착지근한 이 심사는 뭐람
찬란하고 아름다워서
함부로 슬퍼할 수조차 없었던 먼 기억들
오래 붉었으므로 이제 내려놓아도 된다는 듯
정수리에서 빛나던 달은 산을 넘어가고
밤새 뜬눈으로 서성대다 새벽을 맞이한 나는
지금 어디에 있는가
나의 그분은 어디에 계시는가

애련 愛戀

라다크를 순례할 때다
거친 땅 어디에도 생명이 움틀 거란 생각은 못했는데
내가 본 세상에서 가장 작은 꽃으로 기록될
좁쌀만 한 흰 꽃 한 송이를 마주한 건
기적에 가까운 일이다
흙먼지 날리는 거친 바닥에
배를 깔고 엎드려 꽃을 보는데
그 작은 몸에 가시까지 달고 있다
가시 때문에 선뜻 다가서지 못하는 것인지
쌀알만 한 나비 한 마리가 주변을 맴돈다
지나는 길이 아닌 건 분명하다
꽃은 몸을 흔들어 존재감을 알렸다
갈애 渴愛였다
배낭에서 물통을 꺼내 뿌려준 물이
생애 첫 소나기였을까
꽃의 심장이 파르르 뛰는 게 느껴졌다
만지기는커녕 보는 것만으로도 짠해지는
몇 만 번의 계절을 건너

비로소 만난 꽃과 나비의 진아眞我
네가 나였으면 내가 너였으면
서로가 서로를 바라보다 날이 저문다
꽃은 자신을 꽃이라 하지 않았고
나비 또한 자신을 나비라 하지 않았지만
향기에 끌려
그 끼미득한 고도에서의 하룻밤 재회라니
수만 페이지 경전으로도 못다 쓸
그들의 사랑을 '애련'이라 부르며
조용히 나는 그곳을 떠났다

숙호에서 길을 잃다

서른 발자국쯤 걸었을 뿐인데 무덤 앞에서 길을 잃었다
한때는 다시없는 꽃밭이었을 저 조붓하고 고부라진 길

지금쯤 무덤 주인은
망연히 숙호마을 낯익은 굴뚝을 바라볼 테고
섬처럼 홀로 어둠에 드는 키 작달막한 그의 안식구도
처마 끝 풍경이 흔들릴 때마다 까치발로 서서
구절초 핀 동그란 무덤을 지켜볼 것이다

빤히 보이는 곳에서도
연기처럼 잡을 수 없는 것이 그리움이라면
생生과 사死란 집요하게 벽을 타고 올라가
곤히 잠든 식구를 들여다볼 수는 있어도
더듬어 만질 수 없는 담쟁이 넝쿨 같은 게 아닐까

살아서 손잡고 가는 소풍이라면
설흘산 봉수대에 나란히 앉아
대나무밭에 이는 바람소리로 귀를 씻고

만추에 물든 푸른 앵강만鶯江灣 바라보며
죽음을 꿈꾸는 일도 나쁘진 않을 것이나
살아있어서 모두 이렇게 눈부신 거라고
도란도란 이야기꽃을 피웠을 것이다

가을이 계절의 벼랑 끝으로 걸어가고
마을엔 여전히 소문처럼 연기가 피어오른다
왜 나는 연기만 보면 가슴이 뭉클해지는 걸까
돌아보면 잡고자했던 모든 것이 한갓 연기였음에도

겨울 금강 바라보며

마곡사 은적암 백련암 둘러보고 공산성 위에 앉아 저무는 1월 금강 바라봅니다 흘러가는 것은 흘러가는 대로 눈부시지요 내겐 시간과 강물이 그렇습니다 지금 금강은 수면에 구름이 살짝 드리우고 오리 몇 마리 한가롭게 노닐 뿐 그림처럼 고요합니다 강은 무슨 말을 하고 있는 걸까요 강가에 서 있는 나목의 그림자가 강물 속으로 일제히 몸을 적시는 시간입니다 그림자가 누워있다는 건 그가 서있다는 말이지요 그들의 속내까지야 모르지만 곧 저녁이 온다는 신호가 아닐까요 손을 길게 뻗으면 저 물속 나목의 뿌리들을 더듬을 수도 있겠다 싶네요 모든 사물은 서있는 자리에 따라 그림을 달리한다는 것을 강물에 드리운 그림자가 아니어도 우린 알지요 나는 강물이 얼지 않아 다행이지 싶다가도 물고기들의 안부가 궁금해 임류각 난간에 기대어 천천히 강물을 필사하고 싶어졌답니다 지상에 무용한 것은 없다 했지요 강물이 대양에 이르기까지 물풀은 강바닥의 크고 작은 돌멩이를 부여안고서라도 쓸려가지 말자며 서로를 독려하겠지요 언제쯤 우리는 돌을 던져보지 않고 살아온 시간으로 강물의 깊이를 가늠할 수 있을까요 해가 기울자 가파른 산성

위를 말달리는 바람이 어서 내려가라고 채찍질을 하네요 아쉬움을 누르며 산성을 돌아 나오는데 조금만 더 있다 가라는 듯 공산성이 유혹을 합니다 성곽에 불이 들어온 후에야 알았답니다 예까지 왔으니 그 아름다운 밤의 공산성은 보고 가라는 그분의 뜻, 밤의 금강은 묵언 같고 기도 같습니다 하면 이제 내 안의 소리를 들을 때가 온 걸까요

풍장風葬

말 한 마리 모로 누워있는 초원

죽음을 생각하지 않는 삶은 없다
짐승도 사람도 사막 위의 풀포기조차도

저 막막한 벌판에서 가족과 동료를 잃고 쓰러져
일어서고자 했겠지만
그럴 수 없었을 마지막을 상상하다가
나는 그만 주저앉고 만다

잠깐 판 한눈으로
몇 날 며칠을 추위와 갈증으로 발버둥치다
숨을 거두었을 외롭고 쓸쓸한 생애
나는 자연사自然死라는 단어를 생각했고
그 말은 잠시 위안이 되는 듯했지만
지속적이진 못했다 그럴지라도
한갓 연민 따위로 슬퍼하지는 말자
임종은 바람의 과객이 지키고

조등은 달과 별이 걸어주고
문상은 초원의 꽃들이 했을 테니까

나는 때늦은 조문객이 되어
담담히 그의 삶을 유추해 본다
아름다웠으리라
지난날은 바람에 몸을 맡기고
매일매일 저 넓은 초원을
달리고 또 달리는 소풍이었을 테니
그러나 지금은 독수리도 오지 않는
저 막막한 몽골 초원

제 살 녹여 간신히 풀 몇 포기에게 젖을 물렸을
죽어서도 외로운 존재의 풍장을 바라보는 일이란
쓸쓸한 내 뒤를 바라보는 일과 무엇이 다른가

섬 감옥

상처에겐 상처의 일이 있다는 듯
이상주의자들이 자물쇠를 가방에 넣고
제 발로 걸어가 스스로 감옥을 짓고 갇히는 제주
흔들리는 것이 숙명인 이곳은
먼바다를 건너온 새들의 천국
물의 감옥 바람의 형무소
부산했던 뭍의 일상들이 아련한 그림자로
다시 섬이 되어 자라는 곳
애써 지은 감옥을 허물고 돌아가고픈 마음과
내 손으로 마음에 드는 창 하나와
의자 하나를 만들어
이 계절만이라도 살아보고픈 욕망이
팽팽하게 줄다리기를 하는 곳
감옥이 없으면 욕망도 없다고 했던가
바다로 스며들고 오름을 오르는 동안
우주가 오직 나 하나만을 위해 준비한
그 은밀한 순간들이
내게 깃들다 갔다는 사실은
나 말고 아는 이는 없을 것이다

한여름 밤의 월광곡

걷는다
만월은 밤의 정수리에서 빛나고
이 산정이라면 누워서 보는 달이 가장 고혹적이다
해가 상처를 도드라지게 한다면 달은 상처를 위무해준다
구름에 가려진 달무리는 마취의 순간처럼 아스라하다
멀수록 아름답게 빛난다는 별은 어디서 온 걸까
천천히 길으며 일광 소나타 2악장만을
나지막이 무한 반복으로 듣는다
눈을 감으면 모래사막에 서있는 것 같고
눈을 뜨면 깊은 원시림 속을 헤매는 듯도 하다
월광은 내게도 숙명 같은 곡이다
이 곡은 베토벤이 그가 사랑한 여인
줄리에타 귀치아르디에게 헌정한 곡이지만
이 밤의 서정이라면 구름이 달을 가릴 때
달맞이 언덕 사이로 쓰개치마를 둘러 쓴
신윤복 월하정인月下情人의 주인공을 닮은
조선 연인 한 쌍의 그림이 그려진다
하지만 연인에게 헌사 하는 곡이 아니면 어떤가

베토벤은 사랑이라는 원초적 감성을 바탕으로
지금 내가 느끼는 이런 기분으로 곡을 만들었으리라
그리고 완성된 곡을 연주하거나 들을 때
그는 사랑하는 사람을 생각하며
죽을 만큼 황홀해 하지 않았을까
지금 이 순간, 달빛은 돈강처럼 흐르고
유영하는 월광곡 선율에 은빛 실루엣이 출렁일 때마다
미치도록 좋으면서도 문득 내 발소리에 놀라 쫄깃해지는
심장
고원에서 불어오는 바람에 한낮 더위는 씻은 듯 사라지고
내가 어디에 있는지 무얼 하는지 잊을 만하면
저 멀리 구조신호를 보내듯 자동차가 지나가고
나무에 가려진 가로등은 먼 바다의 등대처럼
아련한 기호를 타전한다
무엇인들 그렇지 않을까
달은 마음의 눈으로 볼 때 가장 아름답다
언제 끝날지 모를 오늘 나만의 월광곡
저항을 대신하는 침묵의 입자들을 뭉개며

빨라졌다가 느려지는 월광곡에 몸을 맡긴 채
지금 나는 어디론가 하염없이 흘러가고 있다

마지막 적멸

세렝게티 가는 길, 칼데라 지형으로 세상에서 제일 크고 가장 다양한 종의 동물이 산다는 탄자니아 응고롱고로 분화구, 저격수는 두 마리 암사자, 무리에서 떨어진 새끼 얼룩말을 겨냥 중이다 죽음을 직감한 얼룩말은 어미를 찾아 두리번거리고 관객들은 일정한 거리를 유지하며 도열해 있다 적멸의 끝을 떠난 화살, 뭉치면 살고 흩어지면 죽는다는 것이 동물의 세계라는 걸 아직 익히지 못한 아가였으므로 사냥은 적중했고 나는 본능적 감각으로 찰칵! 셔터를 눌렀다 불안의 기운이 최고조에 이른 죽음 직전에 누른 한 컷, 몇 초 전만 해도 얼룩말은 꼬리를 팔랑거리지 않았는가 살날이 아직은 많이 남은 누군가의 죽음 몇 초 전을 기록한다는 건 엄숙하고도 잔인한 일이다 하마터면 손에서 카메라를 놓아버릴 뻔했던 그 순간의 떨림, 이럴 때 마지막이란 전 생애를 통틀어 가장 슬픈 단어다

봄

머리에 빨간 꽃 꽂은
무당 딸처럼 예쁜 햇살이
솜털 보송보송한
조가비처럼 작은 손을
목덜미에 밀어 넣는다
눈을 감는다
온몸이 봄풀처럼 간지럽나

비빔밥

점심은 산채비빔밥을 준비할 거야 시간이 되면 안전모를
벗고 자전거로 미루나무가 있는 논길을 달려오겠지 어제처
럼 담벼락 아래 졸고 있는 꽃들이 놀라지 않도록 대문 앞에
선 따르릉 벨을 눌러 줘 내가 등목을 시켜주면 야릇한 생각
도 하겠지 신발 끈을 풀고 안으로 들면 짐승 같은 귀여운
미소도 날리겠지 그 사이 나는 낡은 안전화를 연민으로 바
라볼 테고, 그도 잠시, 둥근 소반에 이마를 맞대고 봄 내내
꺾은 나물을 아낌없이 넣고 비비는 거지 양푼 가득 밥과
나물과 깨소금과 고추장이 기다리는 찰진 우리들의 밥상,
참기름이 뭐가 필요해 숟가락을 달그락대며 비빈 밥을 입이
터져라 우겨 넣으면 까르르까르르 밥알이 서로의 얼굴에
발사된다 해도 바보처럼 웃겠지 시계를 보겠지 그러다 바둑
이와 나란히 마을 끝으로 사라지는 당신의 오후를 배웅할
때, 가난이 무슨 대수냐며 겨울 아랫목처럼 따스했던 푸른
날들, 앞산에 소쩍새가 울어도 청춘이라 좋기만 했을 그때
그 봄

제2부

일상, 삼류소설을 너무 많이 읽은 나는

홍시

자신을 용서할 수 없었다면
저렇듯 농익을 수는 없을 거고
제 존재가 뭉개지는 걸 두려워했다면
고공에서
저토록 가뿐히 뛰어내릴 수는 없을 터
조금의 망설임도 없이
내려놓는다는 것
돌려준다는 것
그곳이 본래의 자리인양
두려움도 초조도 없이
뛰어내려 본 자만이 아는
바닥의 안온함

딸이 있다

아침, 첫 커피를 책상에 놓고
김만호의 '내 딸에게'란 시를 읽다가
두 딸의 어릴 적 사진을 보는데 심장이 간지럽다

나는 왜 아직도 '딸'이라는 말에 호흡이 민감해지는 걸까
내가 아기엄마일 땐 나도 딸의 십대와 이십대를 몹시 궁금
해 했다

새와 구름과 꽃잎에게서 딸의 향기를 맡았고
하늘과 바람에게서 딸의 미래를 점치기도 했으며
고래가 힘차게 대양을 헤엄치는 꿈도 꾸었다

딸은 부푸러기, 딸은 새싹, 딸은 솜사탕, 딸은 어여쁜 장난
감, 딸은 풍선, 딸은 소풍바구니, 딸은 신기루, 딸은 사과꽃,
딸은 꽃밭, 딸은 종달새, 딸은 깃발, 딸은 어디로 사라질지
모를 바람, 딸은 가르랑대는 새끼 고양이, 딸은 망고열매,
딸은 호호 불어줘야 할 아픈 손가락, 딸은 걱정나무, 딸은
아프고 슬픈 새…

어느새 성년이 되고 독립투사가 된 두 딸은 6월의 푸른 초장, 타고 올라도 좋을 사다리, 밤길을 함께 걸어갈 동지, 청춘의 추종자

내게도 시인이 되고, 화가가 되고, 선생님이 되고, 여자가 되고, 엄마가 되고, 절망과 눈물이 뇌고, 그 눈물로 종종 나를 먹여 살리기도 하는 딸이 있다

'검은 걱정구름을 폴폴 넘는 새'가 두 마리나 있다

통화

한밤중 벨이 울려 전화를 받으면
아프리카에서 일하는 딸의 목소리가
수화기를 타고 건너다 밀고 툭 끊긴다

나는 들리는데
아이는 내 목소리가 들리지 않는지
엄마 엄마 엄마를 다급히 부르고
또 아이는 듣는데 나는 들리지 않아
애야 애야 딸을 부르다보면
서로가 서로를 애타하는 거리가
이명이 되어 메아리치기를 수 없이 반복

엄마, 엄마, 엄마아~
애야, 듣고 있단다
엄마 여깄어 말해 어서 애야~
삐~ 소리와 동시에
천 길 낭떠러지로 빠지는 발
그렇게 통화 아닌 통화를 하는 날은

전화기를 안고 뜬눈으로 아침을 맞곤 했다

어미를 찾는 목소리가 다급한 걸로 보아
등 뒤에서 사자가 달려올지도 모르는데
지금 나는 침대에서 뭘 하고 있는지
그 즈음엔 꿈속에서도 자주 아이의 이름을 불렀다
세상 하나뿐인 아기새 같은 삭은 내 새끼 이름을

그 딸이 3년 만에 집으로 돌아왔다
드넓은 초원의 사자와 치타를 물리치고
내 품에 안겼다
어느새 어미 키를 훌쩍 넘어버린 딸, 내 딸

가만히 보니
집을 떠날 때 그 아이가 아니다
이제 딸은 더 이상 아기 새가 아니다

전생에 두고 온

숨을 헐떡이며 야트막한 언덕에 닿았다
붉은 사막 가운데
거짓말처럼 바위산이 우뚝 서있고
뒤편엔 소금호수가 눈처럼 빛났다
뜻밖이었다
모래언덕 정상에는
더벅머리에 수염 딥수룩한
눈도 귀도 입도 없는 동그란 얼굴 하나가
누군가를 기다리고 있었다

눈을 마주치자 가지 말라 애원이다
뭉그러진 얼굴이 안타까워
마른 가지를 꺾어 눈과 눈썹을 만들고
오뚝한 콧날과 입술도 그렸다
그토록 오래 기다리고도
미소를 잃지 않는 듬직한 표정이
마음에 들었다

거친 머릿결 쓸어주며
외롭더라도 잘 지내라며
토닥토닥하고 돌아서는데
오 이런,
낯이 익다 초면이 아니다

누구시더라
누구시더라

꽃 피다

우리네 어머니들은
딸이 자라 월경月經을 하면
'몸 한다' '꽃 피었다' '달거리 한다'라고 했다
꽃이 핀 날로부터 아이는 여자가 되어
몸가짐을 조심해야 한다는
어머니의 잔소리 교육이 시작되는데
월경이란 말 대신
몸을 한다거나 꽃이 피었다거나 하는 표현은
우리말이 가진
얼마나 아름다운 메타포인가

어느새 조카네 어린아이가
달거리를 시작했다기에
'꽃이 피었구나, 축하해!'라고 했더니
무슨 뜻인지 모른다
그럴 때 어른들로부터 배운 말로
설명해 주는 일은 얼마나 뿌듯한지

사루비아나 칸나가 꽃을 밀어 올리면
엄마가 없어 더욱 두려웠던
붉은 초경의 기억이
몹쓸 그리움처럼 떠오른다

꿈

한낮 아프리카의 태양은 화산 분화구다
흙먼지 날리는 골목길을 타박타박 걷다보면
한없이 부러운 존재가 있다
소란에 굴하지 않고 남루한 자리를 탓하지 않고
없는 시간과 타인을 탓하지 않고
있음과 없음, 불안과 허기를 내려놓고
꽃그늘 아래 낮잠 삼매경에 든 누렁이
실신의 경지에서나 맛볼 수 있는 아주 달달한 꿈
어떤 폭군도 그 꿈을 방해하진 못하리

이생과 저 생을 왕래하는 일이란 어차피 일장춘몽인데
나 등에 진 배낭 내려놓고 누렁이 곁에 나란히 누우면
나른하고 달콤한 눈빛은 볼 수 없을지라도
잠결이지만 나의 냄새에 화들짝 놀라지 않을까
하면 전생 어느 길에서 헤어진 이후
처음 몸을 기대보는 우리
그러나 등 돌리고 내 맘 몰라주는 애인처럼
야속하기만한 누렁이의 태평성대

혼자 더위에 헉헉대며 애 끓이는 날
이젠 저 정도 어깃장으로 돌아서는 일 따윈 없으리라
몸이 바뀌면 어떤가
누렁인 아프리카를 모조리 뒤져서라도 찾고 싶었던
전생에 그일지도 모르잖아

잃어버렸다

페루 작은 시골 난장에서 구입한
사연 많은 열쇠고리를 잃어버렸다
그것은 7년 정도 내 것이었고 지금은 내 것이 아니다

그렇다고 누구의 것이라 딱히 단정 지을 수도 없다

안데스 라마 발톱으로 만든 그것은
원래 내 것이 아니어서
잃어버려야 하는 것이거나
잃어버려야 할 것이어서
잃어버리는 게 당연할지도 모른다

물건에 애착이 없는 나이지만 그걸 잃은 후
걸으면서 발밑을 살피는 버릇이 생겼다
열쇠도 아니고 열쇠고리 하나 잃어버렸을 뿐이지만
족히 한나절은 매달려야 겨우 하나를 만들 수 있다는
주름 깊은 잉카노인의 얼굴이 어른거리는 건 왜일까
그런데 내가 잃은 게 정말 열쇠고리가 맞을까
지금 나는 무엇을 의심하고 있는 건지

바람도 닿지 않는 먼 곳

우리는 우리의 눈썹 위 이마 위 정수리 위 하늘 위 검고 붉고 희고 푸른빛을 밤낮 온몸에 바르고 산다 어쩌다 주인은 남고 홀로 목적지에 도착해 어리둥절해하는 가방이 지금 내 모습이라니, 필시 이것은 내 몸의 여러 빛깔들이 허공의 가장 먼 거리를 하염없이 날아와 동공에 고인 그리움, 너에게만 들키고픈 내 안의 악령일지도 몰라 아니면 하늘이든 땅이든 그 어디에 숨어 있든 가장 뜨거운 호흡으로 문지르는 우리의 살갗일지도 모르고, 이 바보야 눈도 코도 없이 멍들고 부어오른 네 어깨와 다리가 실은 안개처럼 구름과 바람처럼 나에게로 오려던 화인이었구나 순수였구나 맨몸으로도 당당한 이가 있고 죄다 감추어도 수치심을 주체할 수 없는 이도 있는 것처럼, 앞만 보고 달리느라 정작 봐야 할 곳과 가야 할 길을 놓치지 않았으면 해 바람도 닿지 않는 먼 곳일지라도 그 어디에서 길을 잃더라도

횡계리橫溪里

계엄군처럼 마을을 점령하는 개코원숭이를 본 적 있는가
툭하면 횡계리에 출몰하는 안개가 그러하다
언제 초록으로 푸르렀던가 햇살이 찬란했던가
지워진 길 위로 비상등을 켜고 유령처럼 흘러가는 자동차들
전속력으로 질주했으나 닿을 수 없는 허황함이 허공을
가른다
안개의 입자들이 집과 사람을 후루룩 마신다
흰 복면을 한 자작나무도 환한 어둠에 묻히고
산그림자 눅눅한 제 무릎 덮을 때
얼룩만한 진실도 없다는 듯
인간의 길에 새 한 마리 납작 깔려있다
홀연히 오는 죽음은 소멸이 아닌 변화라 했던가
그윽하여라 가슴마다 봉우리마다 하얀 무덤들
당혹스럽다 가혹하리만치 저 냉정한 흑백
아무도 덮을 수 없는 것을 안개는 덮고 묻는다
비루한 생이 영화의 마지막 자막처럼 대관령 옛길을 내려
간다
계절이 바뀌면 비로소 고립무원에 설국雪國을 건설한 것이

안개였음을 알게 되리라

상처가 깊을수록 영혼은 펄럭이게 마련

타올라보지 못한 자는 끝내 그것이 왜 불인지 불안인지
알지 못하리

안개에 취해 그리운 이름 부르며 대관령 넘을 때

칙칙한 그늘이라도 언제든 오겠다는 헛맹세 말고

다시는 올 수 없다는 인사도 연습해 두어야 하리

이곳은 안개와 바람과 눈雪의 주민이 거주하는 횡계리

대관령 면사무소 지나 밀린 엽서를 우체통에 넣고

하나로 마트에서 하루치 생을 봉지에 담는다

문밖에는 여전히 내 맘 쓰다듬어줄 눅눅한 안개

추석전야

떨이 과일을 들고 걸음을 재촉하는 남자의 귀가는 북극점
에서 열대로 가는 여행 같다 삶이 뭣 같아서 무르고 싶은
순간도 많았지만 이제 와 생각하면 고단한 일상의 얼룩쯤은
차라리 위안이다 낡은 전등 아래 꽃무늬 식탁보를 깔고 남
편의 발소리를 기다리는 아내, 골목 안 가게들도 불이 꺼진
시간이니 아이들은 잠들었으려나

좁은 식탁에 봉지를 내려놓자 우르르 굴러떨어지는 과일
들, 놀란 사과는 빨갛고 겁에 질린 귤은 노랗고, 추석이 내일
이라는 걸 잊지 않은 남편이 마냥 고마운 아내, 늦은 저녁
난데없이 봄 햇살 같은 온기가 집안에 퍼진다 이를 테면
야릇한 끌림 같은 거, 몸을 숙여 식탁 밑으로 달아난 과일을
주우려 할 때 긴 비행 끝내고 드디어 낯선 나라 전망 좋은
호텔방문을 열고 행복해 어쩔 줄 모르는 생애 처음으로 꿈
꾸던 곳에 막 도착한 여행자처럼 오랜만에 부부는 눈을 맞
추고 아이들 깰세라 입을 막고 킥킥 웃는다 그럴 거야 상상
이 부재한 세상은 암흑일 거야

물의 누각

강에 던져진 후에야
돌의 생각은 시작된다

놀란 물들이
조금씩 몸을 밀어
자리를 비켜주면

돌은
살금살금 아래로 내려가는 동안
온몸에 전해지는 파장으로
강의 깊이를 가늠할 것이다

흑심 있어요

생일전야에 꽃이 왔다
장미화병에 매달려 온 검은 연필의 선명한 글귀
'흑심 있어요'
상상까지 선물하겠단 말이겠지
함께 온 카드엔 이름도 성도 없다
장미보다 흑심에 사로잡히고만 나는
받은 화병을 책상 위에 모셔두고
사과를 깎다가도 설거지를 하다가도
허허실실 웃게 되는
이 해괴한 증상을 설명할 길이 없다
잘못 배달된 꽃일 거란 의심도 잠시
친구에게 그간의 사정을 말하자
세상에 흑심 없이 꽃을 주는 일이 가능하냐고 반문한다
하면 지금껏 내가 받은 모든 꽃의 이름이 흑심이었던 말
사랑이 몸살처럼 올 때 비로소 그것을 고백하는 순간
떨리는 마음을 대신할 수 있는 것이
꽃 말고 무엇이 있는지 나는 알지 못한다
욕망과 흑심은 같은 말일 수 있겠지만

꽃은 전혀 다른 차원이지 않는가
복사꽃이 피면 이 연필로 편지를 쓰리라
그러니 꽃갈피에 동봉한 그대의 흑심은 무죄

늪, 혹은 크레바스

한 달 전에 보낸 소식을
나는 그렇게 해석했다
늪, 혹은 크레바스
이런 생각은 일상의 틈으로 들어와
부피를 늘리더니 마침내
몸을 키워 뿌리와 줄기를 내린다
네 영혼의 크레바스는 얼마나 깊을까
어두울까 차갑고 외로울까
나는 하늘에 닿을 사다리를 마련하고
네 심연을 향해 청동화로를 등에 지고
한 걸음 한 걸음 내려간다
어둠이 짙을수록
손가락 발가락은 둔중해진다
암흑의 핵심을 떠올릴 즈음
나의 등허리엔 타투보다 깊고 선명한 화인
네가 못 박힌다
단단히 얼어붙은 네 겨울의 피와 근육이
내 마음의 청동화로로 녹일 수 있기를

지금 지상은 붉은 갈색을 지나
모든 것이 하얗게 잘 익은
서설이 내리는 완벽한 날
한 줄기 햇살이 나의 심장을 비추는 환영을 본다
모든 불가능을 가능으로 이끄는 힘
무너지면서도 아니 무너질 수 있어서
행복했던 나는
청동화로의 불씨가 꺼지기 전
너를 안고 천천히 하늘로 오른다

발치拔齒

토닥토닥 함께 살았다
필요에 의한 합방合邦이었다
영원한 동거를 꿈꿨는데
때늦은 권태긴지
언제부턴가 힘들단 신호를 보내더니
뿌리째 흔들렸고 아팠다
이렇게 불편한 동거라니

뒤늦게 내가 악덕 주인이었다는 걸 알았고
협상카드를 제시했지만
배를 잘못 타 섬에 갇혀 평생 일만 한
어느 노역자 신세나 다름없는 그는
이미 변절한 애인이었다

때가 되면 모두 떠날 테지만
원망 따윈 들리지 않았다
외려 배신감으로 치를 떨었다
결별은 확약된 티켓이었다

의사는 마취가 풀릴 즈음
시원섭섭하시죠? 라며
티슈 위에 치아 두 개를 올려놓는다
거기, 고단한 노예살이를 마친
전생의 이력이 담긴 초라한 사리 두 개
그걸 쥔 흰 손을 나머지 한 손이 어루만지며
돌아오는 길은 뭉게구름이 하늘을 덮었다

삼류소설을 너무 많이 읽은 나는

첫 결혼기념일이 이혼기념일이 된 후배의 변은
걷잡을 수 없는 남편의 바람기가 원인이란다
40년을 한 남자와 살고 있는 나도
실은 한 남자와 사는 게 아니다
영화나 소설처럼 호시탐탐 친구의 애인을 넘보고
선후배에게 추파를 던지고 이웃사내에게 침을 삼켰다
단언하지만 이런 외식이 없었다면
나야말로 일찍이 다른 삶을 살았을지도 모르는 일

결혼제도란, 한 여자가 한 남자만을 거래할 수 있도록 규
정지어진 공소시효가 불분명한 합법을 가장한 희대의 불법
사기극, 나는 달콤한 미끼에 걸려든 망둥어, 위장취업자, 아
니 불법체류자, 결혼이라는 기업에 청춘의 이력서를 쓰고
정규직이라는 달콤한 유혹에 넘어간 상근봉사자, 가문의
대소사엔 대를 이은 비정규직 노동자, 자식에겐 만료가 없
는 무보수 근로자,

이런 근로조건에서 이 정도 바람 없기를 바란다면

인간이 아닌 건 내가 아니라 후배일 터,
나는 삼류영화 삼류소설을 너무 많이 읽었고
후배는 너무 오래 교과서만을 탐닉한 결과다

바흐와 함께 하는 아침

소쩍새가 운다
호밀빵과 샐러드
커피 한 잔으로 식탁을 준비하고
바흐를 듣는 아침이다
창밖엔 온통 연둣빛 초원
빵과 커피와 바흐로도 충분한데
식탁엔 망초꽃이 다발로 웃고 있다
마음에선 기도가 절로 나온다
이 희락을 부정한다면
세상 무엇이 행복이겠는가

돌아보다

살면서 우리는
자신에게 좋은 사람이 되기 위해
얼마나 노력했을까

눈이 멀 것만 같은
일몰 앞에서
비로소 돌아보게 된다

타인에게
착하고 능력 있는 사람이 되기 위해
나는 나에게
의무적 부채감으로
나쁜 사람이 되어야 했던 것은
아닐까 하고

감기

몸이 아프다 격렬히 찬란하게 아프다 멈추지 않는 기침 콧물 눈물 고열로 온몸이 쑤신다 누구는 삶의 무게에 뼈가 녹는다지만 나는 살이 녹고 창자가 녹는다 안다 아프다는 건 몸이 내게 사랑한다고 속삭이는 거다 긴 밤 나는 몸 경전에 손을 얹고 가만가만 늑골의 행간을 더듬다 어디선가 길을 잃었는데 불을 켜고 책상에 앉으니 그 끝을 찾을 수가 없다

누구에겐 그냥 감기일 뿐인데 내겐 치명적인 것, 이 또한 얼마나 지극한 사랑인가 기침이나 두통이 가라앉으면 병은 고맙게도 순간순간들이 얼마나 찬란한 매혹으로 가득했는지 알게 된다 고통을 느낄 수 있는 측에 감사하고 그 고통을 통해 내가 나를 보게 되는 것도 감사하다 고통, 그것은 피하지도 얹혀가지도 말고 똑바로 자신을 대면하라는 신의 경고는 아닐까 그렇지 않고서야 이토록 지극한 애정으로 나를 찾아올 리가 없다

몇 주 감기와 동거하는 동안 머리카락은 하얗게 솟아오르

고 손톱은 마녀처럼 자랐다 자정 지나 내린 눈을 멍하니
바라보다 다시 찾아온 새 아침을 고요히 맞는다 부스스한
얼굴에 스킨을 바르고 바닥에 무릎을 꿇고 찻물 우려낸 찻
잔을 두 손으로 감싸 쥔 채 집안까지 찾아온 햇살을 공손히
모신다 나는 갓 구운 빵 냄새가 나는 햇살의 발그레한 뺨을
몸을 돌려 내게로 끌어당긴다

보헤미안 랩소디

미쳐야 기쁘게 죽을 수 있다고 했지
허무와 동거하느니 차라리 미치는 게 낫지

어떻게 살든
죽음은 도박이 아니라 통과의례야
그걸 담보한 삶이
누구에겐 노래이고 누구에겐 그림이겠지
주어진 시간은 짧아
그러니까 달려야 해
때론 거짓이 진실이 될 수도 있잖니

사랑과 음악을 담보로 도박을 했고
얼마의 수익을 남겼는지
그걸 샐 수 있는 손은 이미 세상에 없어
다만 모든 것이 사랑했던 그녀에게로 돌아갔다는 것
그가 느낀 절망까지도 그녀에게 상속되었다는 것
결국은 그가 하나도 가져가지 못한 것들이
그의 것이었다는 사실은 부정할 수가 없어

보헤미안 랩소디

불처럼 산 사람은 슬프게 죽지 않는대

가상은 아니겠지

이상이 만든 어마무시한 세계

우리는 매 순간 허공에 다리를 놓고

상상의 힘으로 그 다리를 건너지

그것이 허구라는 걸 자각하는 순간

모든 것은 무너지고 말지만

밖으로 나가야 보이는 내부가 있듯

멀어지면 질수록 선명해지는 안처럼

우리에게도 이 하루는 전생이어야 해

내가 가장 아름다울 때 너는 곁에 없었다

바람든 영혼을 안고
길고 먼 여행에서 돌아온 저녁 으스름
눈을 감고 헝클어진 머리카락을 쓸어주며
쓸쓸한 등가죽에 가슴을 문지르고 백허그
뺨을 부비고 다리를 포개고
혀가 녹는 딥 키스보다 천만 배 더한 강도로
뼈가 거품처럼 흘러내리는 아찔한 교감
어디에 머물더라도
그 어떤 원시성이나 야만성 모두 용납되는
너와 함께 흘러가는 시간은 지극했지

그러나 내가 가장 아름다울 때 너는 없었고
내가 가장 고독할 때도 너는 곁에 없었다

폭설

폭설 다녀가고 고요한 어둠 속
길 잃은 짐승처럼 나는 몸을 웅크린다
백야의 가파른 내리막길을 내려가면
물결에 쓸려
동그랗게 된 그리움의 자갈들이
어울려 속삭이는 강기슭에 닿는다
지각니 무 숲 너머로 바람의 역류가
정신을 한 곳으로 몰아간다
그곳에 까마중처럼
끈덕진 냄새를 풍기는
바람 같은 사람이 있다고
눈 위에 한 줄 고백을 쓴다

연애

인간의 감정이 내지르는
가장 바람직한 만행은 연애
그깟 죽음이 뭐가 두렵냐며
그녀는 지구를 흔들 연애를 하겠다네
죽기로 작정하고 죽일 듯 달려들어
늑골 아래 숨은 그자의 심보를 확 열어젖히면
물컹물컹 숨어있던 욕망 덩어리 창자가
콸콸콸 쏟아지겠지
두 팔이 모자라면 두 발로
질퍽거리는 곱창을 헤집고서라도
가장 깊고 어두운 곳에 숨어있는 심지를 찾아
기어이 불을 붙이고 말겠단다
숭고한 사랑 따윈 개에게 주라네
중독은 쉽지만 오래가지 못하고
연애는 봐주기 없는 첫 장 아니면 막장 게임
가장 원시적이고 가장 불륜적인 것
달달함보다 시고 떫고 쓴맛이 강한
이쯤에서 꼴깍 당신은 침을 삼키겠지

그녀가 말했지
위기가 닥쳤을 때
꼬리를 자르고 달아나는 도마뱀이 아니라
막장 끝에서 함께 횃불을 들고
뜨거운 심장을 나눠 갖는
연애는 그런 거라고

숲으로 돌려주다

　숲이 고요해지면 작은 기도문을 제단에 얹는다 사람인 내가 사람에겐 차마 못한 말들, 꽃에게 벌레에게 나무에게 참회하는 마음으로, 기온이 뚝 떨어져 집을 나설 때 두꺼운 외투를 꺼내 입었는데 손에 마른 나뭇잎이 걸려드는 순간, 존재감과 동시에 시간을 깨우는 화두가 내 앞에 놓인다 이 나뭇잎은 어디서 가족을 잃었을까 고의는 아니었다 해도 어쩌다 눈에 들어 봄여름가을 내 주머니 속에서 홀로 방치되어 있었구나 미안해 까맣게 잊었단다 고와서 손에 들었을 테고 버리자니 아까워 주머니에 넣었을 텐데 잊다니 오늘처럼 춥지 않았다면 나뭇잎은 주머니 속에서 바스러진 존재로 영원을 살았을까 아니면 먼지처럼 사소하게 잊혀졌을까 그게 뭐라고 숲이 이토록 착한 친구라는 걸 몰랐을 때도 나는 자주 나뭇잎을 주머니에 슬쩍하곤 했다 빨래를 할 때마다 야단을 맞았지만 소심했던 내겐 각양각색의 보물 같았달까 세 살 버릇 여든 간다는 말 이거였나보다 나쁜 손버릇, 꽃의 목을 꺾는 일, 풀잎을 하찮게 여겨 뽑거나 짓밟는 일, 나뭇가지를 이유 없이 괴롭히는 일, 사는 동안 엎드려 사죄할 대상이 너무 많다는 걸 마른 나뭇잎 한 장 숲으로 돌려보내는 의식을 준비하며 지금 나는 제단에 올릴 반성문을 쓰고 있다

슬퍼할 권리

조상 대대로 공동체 생활을 하며 울지 않는 부족으로 알려진 아프리카 어느 부족은 무엇이든 공동소유를 원칙으로 한다네 결혼은 신의 대리인인 촌장이 짝지어 주는 대로 연을 맺지만 살다가 한 사람이 먼저 가면 촌장이 적임자를 찾아 빈자리를 채워준대 가장 무서운 벌은 가족과 떨어져 있게 하는 거래 그만큼 공동체 생활을 중요하게 생각한다지 잘 웃는 부족으로 알려진 그들에겐 행복할 권리 웃을 권리는 있어도 슬퍼할 권리는 없다네 이유는 한 가지 신이 바라는 일이 아니기 때문이래

얼마나 울고 싶을까 슬퍼할 권리를 빼앗다니, 슬픔이 얼마나 아름다운 선물인지 모르고 하는 소릴 거야, 난 그래, 계속 웃고만 사는 거 왠지 더 슬플 것 같아

백두산 자작나무

백두산에 가면
전나무와 자작나무가
백 년에 한 번
몸을 바꿔 부활하는 숲이 있다네
아무도 돌보지 않는 원시림으로
스스로 엄격한 질서를 유지하며
소멸과 부활을 반복하는 동안
어떤 시련에도 천지天地와의 약속을
어기는 법이 없다네
영혼을 지킨다는 건 그건 거겠지
천년의 기다림 끝에 만나는 빛 같은 거
기다려야 할 대상이 있다면
천년 아니 만 년을 기다려도
결코 긴 것이 아닐 테니까

제3부

자연, 꽃에 물들거나 바람에 마음 베이는

무릇

무릇과 꽃무릇은 각기 다른 꽃이름이다
무릇은 나 새댁일 적 입었던
곱디고운 연분홍 치마저고리라면
상사화라 불리는 꽃무릇은
기생 입술처럼 붉은 꽃으로
이들 둘은 생김새나 개화시기도 다르다
간혹 이미지는 선명하나
딱 맞아떨어지는 표현을 찾지 못할 때가 있는데
내겐 '무릇'이란 단어가 그렇다
글을 쓰다보면 무릇이 무릇으로 끝날까 봐
전전긍긍할 때가 있다
무릇, 참 대책 없는 바로 그 무릇
내가 좋아하는 무릇은 화려한 꽃이 아니라
간이 안 된 구름처럼
약간은 밍밍하고 또 약간은 아련함이 깃든
'무릇'이란 그냥 그 말

당신이라는 갸륵

강물처럼 흘러가자구요
고개를 저으며 울었던가요
내가 아니 우리가,
배가 부르면 꽃밭에 앉아서도
꽃을 볼 수 없을 것 같아
눈을 부릅뜨고 기다렸지요
그 와중에도 나는 둥근 소반에
갸륵이라는 이름의 밥과 국을 준비하여
당신이 먹고 갈 상을 차렸더랬죠

따스한 욕조에 언 몸 담글 때
전신으로 번져나가는 온기 같은 밥상을
서러움으로 가슴이 미어지는 거 말고
짠해서 눈부신 거 말고
영혼을 부비고 몸을 문지르던
그런 갸륵들을 죄다 놓아버리잔 말인가요

기억하나요

칼날에 손을 베일 때 공포가 뇌에 전달되는 건

매번 습격으로 놀란 피가 황급히 혈관을 뛰쳐나온

그러니까 이미 사고가 종료된 후였어요

묻고 싶어요

지금 내가 받아들여야 할 갸륵이 그런 건지

꽃

1.
돌 틈에 핀 꽃 한 송이
확 뽑아버리고 싶더라도
엎어버리고 싶더라도
참아야 한다

타인에 대해
함부로 말하지 말고
야유하지 말고
침 뱉지 말고
견디고 참아야 한다

둘러보면
모두가
근
근
이
피는

꽃이므로

2.
흔하디흔해서
하찮다 말할 뻔한
저 모든 것이
꽃이란다

꽃은 그런 것이다

3.
꺾지 않을게
그러니까 숨지 마
숨어있을 때
너는 더 잘 보여

아무도 그립지 않았다

소설 첫 문장 같은 아침이다
숲으로 달려가 봄여름가을
가문비나무 그늘이
내 뺨을 간질이던 바로 그 자리
오늘은 한 길 눈 위에 대大자로 누웠다
얼마 전만 해도 나무들 옷 벗는 소리로
귀가 즐거웠는데 지금은
눈가루가 사정없이 나를 덮어간다
숲은 태초의 세례의식처럼 경건하고
살아서 지내는 장례의식처럼 성스럽다
신기루였을까
잠깐 춥고 잠깐 포근했다가
이내 무덤 같은 평안이 깃든다
나는 배가 고프지도 않았고
오줌이 마렵지도 않았다
심지어 아무도 그립지 않았다

꽃에 물들거나 바람에 마음 베이는

　지구가 상처투성이인 것은 네가 아프고 내가 아픈 까닭이
다 낡은 몸에게 경배하듯 닿을 듯 말 듯한 거리에서 서로의
상처를 보듬으며 우리는 예까지 왔다 이제는 그 같은 기도
를 누구에게 해야 하는지조차 잊었지만, 그게 무슨 대수라
고 한때 나는 손가락을 꺾어서라도 글 따윈 쓰지 않으려했
나 금빛 햇살이 복숭아나무 그림자를 사정없이 밀어낸다
나는 이 들판의 꽃 곁에 얼마나 더 머물 수 있을까 지난
계절은 온통 꽃천지라서 무얼 해도 꽃에 물들거나 바람에
마음 베이기 일쑤였다 꽃과 바람의 전언처럼 내면에 닿을
때만 비로소 향기를 내는 너는, 언제나 그 너머의 것을 보는,
어디에도 없지만 내겐 있는, 지상의 모든 꽃을 압축한 단
한 방울의 향수 같은,

나는 내가 알고 있는 내가 맞을까

무당벌레 한 마리 손등으로 기어오른다
때마침 떨어진 빗방울에 놀라
움찔하며 접은 날개를 다시 펼 기세다
생각해보니
그를 괴롭힌 건 빗방울이 아니라
다른 내 한 손이었음을 잠시 한눈파는 사이
팥배나무 가지로 날아간
녀석의 뒷모습을 보고 알았다
자신을 괴롭힌 상대에게
적대감은 본능이겠지
반대로 호의적인 상대가 있다면
마음이 기우는 건 당연할 터
나는 나무의 고독과 인간의 고독이
다르단 생각을 해본 적이 없다
서로를 사랑하지 않고 살다 가는 일이
불가능하다고 여기는 이유다
그렇다고 등이 휘고 발이 빠지는 이것이
고독이 아니라는 근거는 어디에도 없으니

우리는 그 어떤 무엇으로도
끝내 자신을 증명할 수 없는 존재로 남을 것이다
무당벌레가 떠난 자리에 석고처럼 서서
다시 한 번 의심의 무덤을 파본다
나는 내가 알고 있는 내가 맞을까

권태

늙은 개의 하품처럼 권태롭다면
지금의 길을 버리는 것이 최선이다
매일 매 순간은 아니어두
짙은 안개가 걷히고 햇살이 퍼지면
이미 다른 세계로 사라지고 없는
시간에 대해 생각해봐야 한다
심장이 서늘하게 떨 때
하늘만큼 영혼을 비워두자
좋은 대화는 기도보다 유익하고
서로에게 닿기 위해
그곳까지 흘러왔음을 알려준다
존재 이유를 묻는다면
열매는 꽃이 알려주는 길로 온다는 것
가끔은 몸이 어느 깊은 밤에 느낀
야릇한 몸서리를 재현할 때가 있다
빛인지 그늘인지 무언가 홀연히
내 눈앞을 지나가고 있는
오늘 같은 밤처럼

소꿉놀이

녀석에게 나는 늘 쪼그만 지지배였다 누구는 좋아서 부러 그러는 거랬지만 나는 무시당하는 것 같아 매번 새침해지곤 했다 말로는 그런 호칭이 싫다면서 속으론 좋았다는 걸 녀석은 알았을까 우리는 소꿉놀이 대장이었다 뒷짐 지고 상수리나무 뒤로 잠시 숨었다 도토리 몇 알 접시에 놓아주던 녀석은 돈 많은 재벌처럼 멋졌다 꽃반지를 예물로 주었던가, 기억하니? 푸데사 없는 혼인서야과 새끼손가락의 맹세를 땅에 묻던 그 나무가 복숭아나문지 살구나문지, 빗물에 소꿉놀이집이 떠내려간다고 발을 구르며 울었던가, 3살바기 언어로도 부족함 없던 시절이었다 나는 민들레꽃잎으로 끓인 찌개의 간을 보고 머리에 꽃핀을 꽂고 치맛자락 펄럭이며 동구 밖에서 널 기다릴 때가 좋았다 입속말이었지만 '여보!' '당신'이라는 어른의 말을 흉내 낼 때도 나는 발바닥이 간지러운 행복을 느꼈다 그때의 소꿉놀이가 쪼그만 지지배와 철없는 머스마가 미리 살아본 생의 작은 리허설이라는 걸 알았다면 지금 우리는 다른 삶을 살고 있을까

가을이 짧아야 하는 이유

농로를 따라 산 중턱으로 향한다
어깨에 내려앉은 햇살은 따사롭다
비탈밭에선 배추를 수확하는 농부와
늦감자를 캐는 사람들이 새참 중이다
이 산골까지 검은 피부의 이방인이 보인다
묻지도 않았는데 고향이 방글라데시 다카란다
가난하지만 행복지수가 높다는 그곳
흰 치아만큼 맑게 웃으며 오늘 날씨 굿이라고
하기야 어디서 그들이 자신의 일당보다 비싼
우리의 명품 가을을 이토록 맘껏 누려보겠는가
우리는 눈빛으로 그렇게 서로의 마음을 위로했다
산 자에겐 시절과 상관없이 태양은 절실한 그 무엇
눅눅한 마음 말려보겠다고 한나절을 밭둑에서 보냈다
가을이 짧은 이유를 알 것 같다
오늘처럼 찬란한 날이 계속되면
저 비탈밭의 농부들은 더 많은 일을 해야 할 것이고
일 없는 한량들은 우울해서 금세 미쳐버릴 테니까
해바라기와 별과 사이프러스를 좋아했던

고흐나 할 법한 독백을
감자 캐는 농부들 앞에서 할 줄이야
나를 훔쳐본 구절초가 실없다는 듯 웃는다
저 꽃도 날아가고 싶은 하늘이 있을 거야
태양이 사라지고 그늘이 쌓이면 그들이나 나나
돌아가야 할 길도 그만큼 깊어지겠지

3월 동백

한때는 유인도에 살았으나 현주소는 무인도다
때가 되자 하나 둘 떠나고 없는 목선들
선주를 버린 저 봄날의 쓸쓸한 포구

물새처럼 차가운 낡은 몸들이
수영장 사우나실에서 서로를 마주보며
굽은 등과 깃털을 보듬어주고 있다

저들도 한때는 매월 달거리를 하는
붉은 동백이었을 것이다
만개한 벚꽃이었을 것이다
그 꽃이 수십 번 피고 진 후
물이 차오를 때를 기다리다 낡아버린 배

세월을 멈추는 주문을 잊은 새들과 붉은 동백은
조용히 퇴락할 뿐 더는 우짖지도 꽃을 피우지도 않는다
몸을 읽는다 옹이와 쭈글쭈글한 주름으로 조각된
행간마다 당당하기 이를 데 없는 생의 문장들

대지를 향해 휘어지고 늘어진 거룩한 몸경전을
수이 읽지 못하는 내가 내 몸을 본다 더듬는다

날개 달린 새도 붉은 동백도 못되는 나는
이 봄에 뿌릴 상추씨를 어디 뒀더라 걱정하는
사우나실의 낡은 목선들을 뒤로 한 채
남은 지느러미 상태를 확인하기 위해 물로 뛰어들었다
대양은 아니어도 근해라면 아직은 돛을 달아도 되겠구나
이 위태하고 불안한 안도를 자축이라도 해야 할 것 같은
다시는 되돌릴 수 없는 시간이 물처럼 흘러가는 봄날
눈앞에서 후두둑 동백이 진다

광어

배가 고프니 어쩌겠어
조금 전까지 눈을 껌벅거리며
어항 속을 헤엄치던 광어가
사람 뱃속으로 순간이동을 한 거야
한쪽이 죄인이면 다른 한쪽은 의인이겠지

도마 위에 광어를 올려놓고
칼자루를 쥔 건 분명 인간인데
광어는 하얀 속살로 해체되어
인간의 배를 채운 후에도
이렇다 저렇다 말이 없다
부릅뜬 눈에 텅 빈 등뼈를 달고
외려 꼬리를 흔들어 인간을 위로한다
우리가 그를 절단 낸 것이 아니라
자처해 그가 우릴 살린 거라고
의인이 따로 없다

풀

발아래
널린 꽃을 보느라
꽃보다 고운
풀을 보지 못한
내 눈을
내 손으로
찌르고 싶었던 직이
얼마나 많았는지

풀밭에 엎드려
때늦은 참회를 한다

섬, 건너야 닿을 수 있는

배가 완성되던 날
내 삶의 무게를 바다에 고한 후
묶어둔 밧줄을 풀고
조심스레 물결을 더듬어 나갔다.
가까스로 어느 섬에 닿고 보니 밤이다
달은 이울고
물은 찰방찰방 허벅지에 치는데
방파제 안에 닻을 내리자
오싹 한기가 든다

마을은 어디쯤 있는지 사람은 사는지
그때 희미한 가로등 불빛이
안개를 헤집고 살에 감긴다
바다가 고요해서 다행이다 싶을 때쯤
방파제를 넘어 와
고단함 지우고 가는 파도

동이 트자 물결은 거짓말처럼 잔잔하다

섬에서 섬을 지향했던 지난 방황들은
매번 나도 나를 건널 수 없을 때
비로소 섬이 섬인 채
저 대양과 맞서는 무모한 도전이
과연 필생의 꿈이었는지 묻고 싶다

어느 방향으로 키를 잡든
결국은 그 섬에
닿는다는 걸 알았더라도 이랬을까

천신만고 끝에 그를 찾았을 때
그가 다른 곳을 보지 않기를 바라며
파도에 몸을 묶고 다시 출항을 서두른다

마른 치자꽃을 위한 노래

그도 한때는 매혹이었을
꽃 진 자리마다 가득한 향기
밤새 쓴 문장의 파지들이 시나브로 널려있는 책상

떠나기 전 화분에 묻고 왔을 작은 약속 하나
가지를 떠나 한 발 한 발 계단을 내려오면서
그도 몸은 땅에 두고 싶었을 것이다

나무와 연락이 끊긴 지 며칠째
피안과 차안을 넘나드는 저 마른 꽃의 잔향
잉여의 시간들

창으로 스민 얇은 햇살이
꽃이 잠들어있는 서재를 기웃댄다

꽃이 꽃다운 건
스스로 눈물을 닦을 줄 안다는 것

그러나 끝내 자신이 꽃인 줄 몰랐기에
꽃일 수밖에 없는 꽃

그도 처음엔 아무것도 모른 채
등 떠밀려온 여리디여린 싹이었을 것이다
그리고 꽃으로 불리웠을 것이다
그러나가 지자꽃이 되었을 것이다

슬플 땐 슬프다고 말해

외롭지 않다고 말하는 사람은 외로운 사람이다
고독하지 않다고 말하는 사람은 고독한 사람이다
아무도 그립지 않다고 말하는 사람은 모두가 그리운 사람
이다
쓸쓸하지 않다고 말하는 사람은 정말 쓸쓸한 사람이다
우울하지도 슬프지도 않다고 독백하는 사람은 견딜 수
없이 우울하고 슬픈 사람이다

외롭다 고독하다 그립다 쓸쓸하다 우울하다 슬프다 미친
듯 소리치는 만큼 줄어드는 것이 외로움이고 고독이고 그리
움이고 우울이고 슬픔이라는 걸 부정하지 말자 익숙해지면
친구처럼 정다워지는 게 어디 이들뿐일까마는,

채팅

저녁에
채팅방에서 만나요
그러겠다 약속해주면
그 시간이 될 때까지
행복할 것 같아요
채팅방에서
당신이 문지 칠 때
꿈틀거리잖아요
그럼 행복해져요
외롭지도 쓸쓸하지도 않고요

거미

두 눈 부릅뜨고 바라보는 건
고단한 빨래처럼 널려있는 자기 자신
바람의 손길을 기다려
밤새 허공에 그물을 치고
숨죽여 기다리는 건
당첨 복권이 아니다
어떤 희락보다 목숨 부지가 우선이니
거미가 바라는 건 오직 먹잇감
그러나 오늘도 허탕이다
귀가 얇았던 게 문제일까
그 자리에 그물을 치는 게 아니었는데
산다는 건 나무 뒤에 몸을 숨기고
위장에 가득찬 바람을 볼모로
무한정 견뎌야하는 기다림의 연속이라는 걸
거미가 몰라서 그러는 건 아닐 테지만

고백

더 깊이
못 박힐 거야
박혀서 벌겋게
녹슬 테야
장도리로 빼내도
꿈쩍도 안할 거야

바람 든 무

애증인가
시선은 처녀의 희멀건 종아리를 더듬고
손은 긴 머리 낚아채듯 무를 뽑는다
반항할 겨를도 없이 끌려 나온 무는
나오는 순간부터 바람이 들어
며칠만 방치해도 사단이 난다
시든 무를 보고 아차 싶어 잘랐더니
겉은 말짱한데 속이 아니다
어디에 쓰랴, 이 바람 든 무를
버리기 아까워 궁리해 보지만
바람 든 것은 되돌릴 수 없다는 묵묵부답
그러니까 무는 함부로 뽑는 게 아니었어
무는 바람이 잘 들지
마치 그것이 운명인양

나는 기다린다

먼지 폴폴 날리는 신작로에서 기다렸다 뱀의 입김 같은
온기가 스멀스멀 등줄기를 타고 오르면 동그랗게 말고 있던
몸을 펴 하늘로 날아오르는 연습을 했다 나를 노린 그자가
사과향 닮은 물안개라는 걸 알았을 땐 허탈했다 추울수록
버스는 더디 왔다 어떤 날은 영 오지 않을 수도 있겠단 생각
이 끝나기 무섭게 저만치 버스가 나타나면 철없는 심장은
왜 그리 나대는지, 황태덕장이 주민 수보다 많은 이제 용대
리였다 나는 무슨 연유로 백담사를 마음에 두고 옹색한 용
대리에서 시든 산국 바라보며 그를 기다렸을까 늘 위험한
길로만 인도하는 그분의 뜻을 알 길 없어 번번이 어둠 뒤에
숨곤 했던 청춘, 나는 안에서 울고 그는 밖에서 울었던가
다음 날도 그다음 날도 버스는 왔으나 그는 오지 않았다
올 사람이 오지 않았던 게 아니라 오지 못할 사람이었으니
올 수가 없었을 거란 생각을 산국이 서른 번쯤 피고 진 지금
에야 하고 있다 그는 아직도 오지 않았다

꽃잎파스

허리가 아프다 했다
약국 문을 열면 제일 먼저 눈에 들어오는
신신파스, 그건 너무 뻔하잖아
하지만 내가 파스를 산다고 해도
그가 멀리 있어 붙여줄 수가 없고
그렇다고 다른 이가 붙여주는 파스가
무슨 효험이 있겠는가 하는 생각

고민 끝에 여름내 뒹굴던 들판으로 나가
가장 잘 여문 구절초 꽃잎 몇 장 골라
편지갈피에 넣어 속달로 부쳤다
'이 꽃잎을 아픈 부위에 붙여주세요'
라는 설명과 함께

너무 좋은 것이나 너무 나쁜 것,
아주 오묘한 것은 설명 불가인 게 맞다

다음 날 그로부터 기별이 왔다

침대와 허리에 화인처럼 꽃자국은 남았지만
지독했던 요통은 사라졌다고

신의 은총과 나의 손길이 더해진
꽃잎파스의 효능을
봄볕에 나비 날 듯
니는 믿기로 했다

지금 여기

삶은 지금 여기 같아야 해 우람한 숲과 만물을 바삭하게
하는 햇살과 달콤한 공기와 더 바랄 것 없는 한가함과 조곤
조곤한 오솔길

맞아, 삶은 지금 여기 같아야 해 매일 아침 안개가 가만히
걸어와 나를 몽유의 세계로 데려다주고 슬며시 사라지는,
평안 속에서 무엇이든 새로 시작할 수 있고 들꽃처럼 홀로
완전할 수 있는,

가화만사성家和萬事成

　대청엔 가화만사성家和萬事成, 목단꽃무늬 알루미늄 소반
에 아버지를 제외한 식구가 둘러앉아 밥을 먹는다 복福자
대접에 찰랑거리는 동치미 국물도 온 식구가 퐁당퐁당 숟가
락을 담그면 금세 바닥이 났다 달그락거리는 수저의 5중주
는 멋진 하모니를 자랑했다 잡곡밥이라도 배불리 먹는 날이
면 웃음은 능소화 핀 울타리를 쉬이 넘었다 식구가 동그란
상에 둘러있은 모습은 구절초 꽃잎 같았고 보름달 같았다
살다 보니 가난도 낡은 옷처럼 편하여 새 신발이나 고기가
없는 명절에도 우리는 불행을 떠올리지 않았다 그렇다고
늘 행복한 건 아니어서 불평의 기운이 조금씩 집안을 휘감
을 때쯤 가난은 죄도 부끄러움도 아니라는 아버지의 지루한
훈시와 동시에 막내인 나는 큰소리로 벽에 붙은 액자를 쳐
다보며 가화만사성을 외쳐야 했다 속으로는 이놈의 가화만
사성 하면서

하루

먼 길 온
그대와
꽃밭에서
한나절 웃고
숲에서
다시 한나절을
울고 돌아서니
하루가
다
가버렸다

그 하루가
내겐 100년의 일생

허공의 집

몽골 유목민들은 집을 지을 때
대지에 살짝 얹는 건축공법을 쓴다
언제든 가볍게 떠날 수 있도록
우주를 닮은 돔형의 게르는
기둥과 지붕을 허공에 걸어
서로를 의지하고 지탱한다
이때 중요한 것은
신의 가호를 믿는 일
잠깐 빌려 쓰는 대지에
상처를 남기지 않으려는 이 공법은
좁은 땅에 다투어 마천루를 세우는 種들은
이해할 수 없는 것이 핵심이다

창

창의 크기를 탓하지 않기로 했다
자작나무 가지로 틈을 낸 창유리엔
숱한 잎들이 그림자를 흔들며
부푼 하늘을 맘껏 들이고 있다
바람이 나들이를 하는 동안
동전만한 잎들이
수다를 떨다 사라진 자리엔
잠시 푸른 햇살이 환하게 터를 잡았다
나의 눈으로 창을 보는 일보다
창의 마음으로 세상을 들이는
고마움을 알았을 때
선한 얼굴과 미소가 지천임을 깨닫는다

제4부

내가 반 가고 네가 반 온다는 꽃말

나무들의 사랑

저 숲의 나무들이
앉지도 눕지도 걸어가지도 못하고
부동으로 서 있는 건
기다리는 이가 있기 때문
이 산정에 도둑 같은 안개가 나타나
초록의 목덜미를 부드럽게 애무하자
몸시리치는 나무를 훔쳐보고 말았으니
기다림을 허망이라 규정하는 건 옳지 않다
나무는 지상에 존재하는 생명체 중
기다림에 최적화된 DNA를 가졌을 것이다
나무도 날아가고 싶은 하늘이 왜 없겠는가
그러나 두 발을 땅에 묻고 오지 않으면
영원히 해후할 수 없는 시공을 초월한,
반드시 온다는 약속을 전제로
기다리는 것이 아니라
영혼이 무화되어도
오로지 하나를 향한 거룩한 기다림
그들만의 절대 사랑

홀연하지만 홀연한 것은 없다

홀연하지만 홀연한 것은 없다 봄부터 가을까지 대관령 야생화를 관찰하는 동안 무수한 향기와 꽃말이 내게 얹혔다 절벽 바위틈에 조그만 씨앗 하나가 잎이 되고 노란 민들레 꽃이 되는 걸 지켜보는 건 지극했으므로 잔잔한 비명의 연속이었다 모든 꽃은 자신이 가야 할 때라는 확신이 서면 위험을 무릅쓰고라도 가지만 가서는 안 될 곳은 가지 않는다 노마드로 대를 잇는 식물의 씨앗이 거처를 옮길 때는 싹을 틔우고 꽃을 피우고 열매를 맺는 모든 과정을 면밀히 계산해 장소를 정한다고, 어떤 씨앗은 날아가는 순간 발아를 시작하지만 어떤 씨앗은 백 년의 시간을 견디고 나서야 싹을 틔우기도 한다 그러니까 씨앗은 움직이는 우주, 꽃 한 송이도 우주고 열매 하나도 개개의 우주, 꽃을 피운다는 건 어떤 역경 속에서도 약속을 지켜내는 경이, 풀꽃 하나가 한 개의 씨앗을 품고 있다면 한 개의 우주가 필요한 거고 천 개의 씨앗을 품고 있다면 더도 덜도 아닌 천 개의 우주가 필요하기 때문, 지금 이 순간도 갈참나무 숲 어디선가 민들레 홀씨가 무사히 날아오를 수 있도록 빛과 그림자가 천천히 자리를 비켜주고 있을 것이다

갈매기

지상의 모든 갈매기들은
붉은 노을을 바라보며 저녁을 맞는다지
그가 바람에 맞서는 건 때를 놓치지 않고
기류를 타고 날아오르기 위함인데
그러려면 깃털이 뒤집혀선 안 된다고

바람이 두렵지만 개의치 않는,
광풍에도 몸을 낮추거나
머리를 반대로 돌리지 않고
오직 두 다리로 거친 바다에 맞설 뿐,
그것은 추락의 비애를 아는 자,
바다를 지배해 본 자만이 가질 수 있는 자세라고

못 끊겠습니다

모퉁이를 돌면 오도카니 앉아있는 실낱같은 기적, 어둑해
지네요 당신, 아주 멀리 있다며 목소리 더듬거렸나요 숲에
서 길을 잃고 울고 있는 날 보았다고, 내가 이 숲으로 돌아온
건 초식동물로 살고 싶었기 때문, 배후에 무언가를 감추거
나 반성하려는 의도가 아니란 걸 당신은 알 테지요 진화는
강한 자보다 아름다운 자가 살아남는다지요 육식동물이 멸
한 세상을 상상해 봅니다 원하는 일을 하는 건 원하지 않는
일을 하지 않는 것과 같은 의미는 아닐 겁니다 도무지 시간
대가 다른 현실이 실감 나지 않고 대책 없이 아득해지는
이 마음은 어디서 시작되었을까요 멈출 수도 끊을 수는 없
는, 분명한 건 두려움은 마취되어 버렸고 태산이 무너지는
고통과 맞서 우울과 슬픔, 그보다 깊은 고독과 고통도 끊었
지만 유독 당신만큼은 끊을 수가 없네요 나는 당신을 못
끊겠습니다

춘몽春夢

신기루

격렬 뒤 적막

이 세상에만 있는 계절

산을 넘고 둑을 범람해서라도

기어이 닿고 마는 그리움

우울과 불안을 이기는 온기

입안에서 천천히 녹는 사탕

온몸에 슬픔의 수위가 높아지면

수억만 개의 눈물주머니가

동시에 터지는 이변 같은 봄비

토네이도와 쓰나미가 지나간 자리

낡은 의자를 쓰다듬듯

지극한 어루만짐

대책 없이 등이 간지러운

사랑, 깨어난 후에야 비로소

알게 되는 짧고 깊은 잠

향기를 훔치다

노을을 베끼다 생각해보니 방랑자에게 석양은 두려움일 수도 있겠다 우리가 알에서 왔다는 걸 부정할 수 없듯 인간은 어디든 기대야 살 수 있으며 떨어진다는 것은 대상과의 작별을 의미한다고 했지

잎은 가지에 기대고 꽃은 열매에 기대고 나무는 허공에 기대고 아가는 엄마 품에 기대고 나는 당신에게 기대고 현자는 시간에 기대고… 그런 생각이 끝나기도 전에 눈앞에 사과 하나 쿵! 떨어져 놀란 눈으로 나를 쳐다본다

나는 재빨리 사과향기를 훔치고 알리바이를 지울 심산으로 손톱을 바투 잘랐다 내가 내 몸의 일부를 자르는데 고통도 짜릿함도 없다 어느새 나는 기적에 무감해진 건가

생은 늦은 밤 허기가 몰려올 때 찌개 냄비를 올려놓고 잠시 딴 짓 하는 사이 까맣게 타버린 냄비 속을 망연자실 바라보는 일과 다를 게 뭐람 그래서 우린 살고 살아도 여전히 배가 고픈 걸까

끝은 아니야

대개는 전체를 보려 하지만
전체 안에서 부분을 볼 때
더욱 뭉클한 순간도 있다
속을 훤히 비운 고목에서
갓 피어난 여린 순이 그렇다

그리니끼 늙었다고
아주 끝은 아닌 거야
자세히 봐
도처에 꽃 피우려는 흔적
역력하잖아

내가 반 가고 네가 반 오면

내 할머니가 가고 내가 왔듯이
내 어머니가 가고 내 아이가 왔듯이
내가 갔을 때 내 손자가 오는 일처럼
한 사람이 가고 한 사람이 온다는 말
내가 반 가고 네가 반 온다는 말
따뜻해서 좋다
여름이 반 가고 겨울이 반 온 자리
구절초 언덕으로 소풍 나온 이 가을도
첫 밤처럼 다정하니 좋다 참 좋다

더러 생각지도 못한 곳에
급류가 기다릴지라도
강물은 그렇게 흘러갈 때
가장 아름다울 것이다

꽃경전

우주 법계의 온갖 덕을 갖춰
결함이 없다는 뜻으로
부처의 증험을 나타낸 그림이 만다라다
모든 꽃에는 귀함이나 천함이 없고
오직 우주라는 만다라가 있다
꽃을 피우는 데만 몰두해
번뇌와 망상을 잊으라는 걸까
하필이면 시멘트바닥과 하수구 뚜껑일까
왜 그토록 험한 자리에 꽃을 허락했을까
만나라는 높고 안전한 곳이 아니라
중생들이 볼 수 있는 낮고 평범한 자리에
새긴다는 걸 몰랐어도 그랬을까
꽃은 왜 꽃일까 그것이 그분의 뜻
가을이 문을 닫을 시간이니 서둘러야지
들판의 꽃들도 이제 차디찬 강을
맨발로 건너야 할 때가 온 것이다

동자꽃

외딴 숲에서 동자꽃과 눈이 맞아
가던 길 멈추고 한참을 들여다보았다

오래된 미래 라다크 땅
아스라한 절벽 위
룽다는 하늘 끝에서 펄럭이고
불자도 아닌 내가
숨을 헐떡이며 올라간 틱세곰파
거기 손바닥만 한 창으로
목을 길게 빼고
밖을 내다보던 아기 스님
나와 눈이 마주치자
검게 튼 뺨이 홍당무가 되어
밤마다 엄마 품이 그리워 울 것 같은
동자승의 미소

스님, 세월이 흘렀으니 그때 입었던 주황색 승복은 이제
많이 작아졌겠지요 그립습니다 큰 스님 몰래 손에 쥐어준
초콜릿 하나에 참을 수 없이 행복해하던 그날의 미소가

가장 늦게 도달할 멸망

꽃인 듯 풀인 듯
작아도 너무 작아
너는 있고도 없구나
작은 것이
네 탓은 아니니
행여 자책은 마
지구에 멸망이 온다면
그 멸망은
쥐손이풀꽃
네게 가장 늦게 도달할 것이므로

사데풀꽃

사데풀꽃을 본다
보다 멀리 날아가기 위해
찬란한 아픔들이 옹기종기 모여
서로의 상처를 어루만지는
늦가을 오후

물봉선

숲속 샘가에 쪼그리고 앉아
여리고 여려 절로 애달파지는
상처로 얼룩진 물봉선 꽃잎을
가만히 어루만진다
어느 별에서 왔을까
꽃의 9할은 이미 바닥을 베고 누웠다
떠러는 저걸 가짜 슬픔
가짜 고통이라고 한다지만
의심하지 마라
한 철 잠시 웃고 서둘러 목을 꺾는
저 고통이 설마 가짜일까
어쩌다 개울을 따라 홀로 떠내려가는 꽃잎은
비보호에 놀라 어리둥절할 법도 한데
바람과 물결이 꽃잎을 멀리 데려가는 동안에도
작고 여린 것은
저를 버린 세상을 용서한 듯 염화미소다

무꽃

예순다섯 신랑과 예순둘 신부가
생애 첫 혼례식을 치른다

조선무처럼 작달막하고 동글동글한 신부는
무꽃 화관에 옥양목 한복을 곱게 차려입고
성근 치아를 드러내며 수줍게 웃고 있다

식장은 강원도 산골 고랭지 무꽃밭
하객은 새와 나비와 벌과 온갖 풀벌레들
주례는 산신령님 나는 사진사

파란 하늘에 신랑신부의 이름을 새기고
구름이 산허리를 감는 동안
한 여자를 열 수 있는
오직 하나뿐인 열쇠를 가진 신랑이
아장아장 걸어오는 신부의 손을 덥석 잡는다
기다렸다는 듯 혼인서약을 대독하는 매미들

만나야 할 사람은 만난다더니

아무리 나이가 들어도

생애 '첫'은 떨리는 모양이다

그것이 사랑이라면 말해 무엇하리

신부의 무꽃 화관은 태양 아래 빛나고

벌들이 앵앵대며 화분花粉을 나르는,

바람에 무꽃이 폭죽처럼 터지는 8월

루드베키아

속눈썹이 긴 집시여인들이
떼로 몰려와 플라맹코를 추고 있다
가끔은 서로의 발등을 밟아주는 게
탱고라는 걸 아는 듯
순식간에 이 산정을
점령할 기세로 번지는
저 노란 불꽃

꽃밭에서 저녁을 맞는다
꽃 속에서 밤과 꿈을 기다린다
우리의 숱한 밤도 꽃밭이었음을
그대가 속삭인다

세상에는 바라볼 때
미치도록 아름다운 사랑도 있다는데
쇠를 녹이고도 남을 나의 열정은
어디로 가고

어쩌다 이 산골로 들어와

삼백예순 닷새 꽃밭에 누워

꽃타령하는 신세가 되었나몰라

나도 꽃이랍니다

왜 아니겠어요.
외로웠답니다 두렵고 무서웠지요
보자기에 싼 갓난아기가
쓰레기통에서 발견되었다는 뉴스는
보지 말았어야 했어요
나쁜 상상이 현실이 된다는
사람들의 소곤거림도 외면해야 했어요
이건 내 의지와 무관한 일이고
나도 내가 이렇게 될 줄은 몰랐거든요
확 뽑힐까봐 얼마나 가슴을 조였는지요
태풍에 쓸려가지 않고
폭군의 눈을 피해
대리석 틈에 얼굴을 박고
목숨을 부지할 수 있었던 건
불행 중 다행이죠
가족에게 버림받은 자가
거친 불모지에서 꽃을 피운 걸
사람들은 기적이라지만

아무리 힘들어도

대를 이을 자식이 생길 때까진

어떻게든 버티어 보려구요

예뻐해 달란 말은 않을 게요

부디 짓밟지만 말아주세요

내 입으로 말하긴 좀 그렇지만

니도 꽃이랍니다

'끈끈이대나물'이란 이름도 있는 걸요

슬픈 꽃 개망초

노예의 피가 흘러 아프고 슬픈 꽃이다
얼핏 보면 천하나
자세히 보면 사랑스럽고 모여 있으면 우아하다
개망초가 어떻게 이곳까지 왔는지 알고 나면
참을 수 없이 슬픈 꽃이 된다
걸음마를 배우기 전에
흔들리는 것부터 배웠으리라
밟히더라도 뿌리만큼은
함부로 뽑히지 않는 근성을 익혔으리라
무슨 일이 있어도 흩어지지 말자며
서로의 어깨를 도닥였으리라
하찮다 손가락질하거나 말거나
없는 듯 있는 존재야말로
가장 가치 있고 눈부시다는
가르침을 받았으리라
제대로 솟구치진 못하더라도
바람을 타는 기술을 배웠기에
고향 아프리카를 떠나

먼 아시아까지 올 수 있었던 게지
검은 피부가 한이었으므로
신으로부터 특별 명으로 흰색이 된 꽃
이름이 싫지 않냐니
개망초가 어때서? 라고 반문한다
슬퍼서 아름다운 꽃이 어디 개망초뿐이랴
가늠은 꽃 잎에서
사람인 것이 부끄러울 때가 있는데
개망초가 그렇다

채송화

마당 있는 집으로 이사 가면
제일 먼저 만들겠다 약속한
장독 곁에 빨갛고 노란 꽃밭
작아도 천진해서 얕볼 수 없는 꽃
옆구리를 건드리면 자지러질 것 같은 꽃
태풍에도 끄떡없는 꽃
아기 꽃반지 같은 꽃
웃기도 울기도 잘 하는 꽃
밤이 되면 팔베개를 해주고픈 꽃
애련인 것도 같고 연민인 것도 같은,
작문은 알지만 산수는 모르는 꽃
이마를 짚어보게 되는 꽃
호적에서 파고 싶을 때도 있었지만
끝내 그러지 못한 꽃
밟혀도 일어서는 첫사랑 같은 그 꽃

꽃도 꽃 아니고 싶을 때가 있을 거야

그들의 노래 들어보셨나요
한 서린 그들의 합창 말이에요
꽃밭을 이상향이라 한다면
이곳은 천상화원이 맞네요
누구나 그만의 곡절을 간직하며 살듯
아무리 사랑받는 꽃도 가끔은
꽃이 이니고 싶을 때가 있잖아요
울고 나면 따듯해진다는 걸 알고
허공에 발을 놓을 때도
여전히 가파른 심장을 가진 며느리밥풀꽃
맨발로 높은 칼산으로 올라가
바위 뒤에 숨어 계절의 끝을 걸어가는
저 가련한 자홍색 꽃이 그렇지 않을까요
이제 곧 치마를 뒤집어쓰고 절벽 아래로
뛰어내릴 일만 남은 그대여
몸을 던질 땐 부디 눈을 감아요

여뀌

1.
나는 무정부주의자
한 평 땅도 사지 않았고
아무것도 심지 않았다
정원사를 고용한 적도 없다
내가 한 일은 밥을 하다가도
비가 오거나 안개가 부르면
낡은 슬리퍼 끌고나가
너른 뜰을 거닐다 오는 것이었다
한때는 꽃도 없고 풀만 무성하다고
친구들이 오지 않는다고 투덜거렸지만
이젠 밤마다 꽃밭에 별이 쏟아지고
노루가 뛰고 온갖 풀벌레들 합창하는
나만의 야생 뜰이 되었다
몽골 초원이나 호주 대평원 따윈
잊은 지 오래다
그런데 궁금한 것도 있다
드넓은 고원 가득 여뀌 씨를 뿌리고

물을 주고 돌보는 이 누구신지

2.
익은 여뀌가 바람에 흔들린다
약은 것들은 흔들리지 않으려고
거친 바닥에 납작 엎드려
버티는 눈치지만
저 엄중한 자연의 법칙에
어떤 예외가 있겠는가
어디에 뿌리를 내리더라도
익어도 흔들리고
익지 않아도 흔들리는
살아있는 이 모든 것들

기억처럼 세상에 왔다 가다

태초의 성전처럼
곱고 순결한 처녀였다
무슨 연유로 집을 나와
험한 산속에서 몸을 파는지
아는 이는 아무도 없다
과도한 향기가 부른 참사일까
함박꽃에는 유독 벌레가 많이 꼬인다
그런 그녀도 피해갈 수 없는 건 시간
순결할수록 때는 쉬이 타기 마련
비밀처럼 세상에 왔다가
피는가 싶으면 어느새 홀로 흐느끼다 시드는 꽃
바닥에 널부러진 터무니없는 추레함
한때는 신분을 감추기 위해
함백이, 함막이, 옥란, 산목단, 천여화,
산목란, 목란으로 개명도 해봤지만
향기만은 어찌해 볼 수 없었을 그녀
어떤 이름보다 함박꽃이라는 이름을 애정했던 나는
7월 어느 날 그녀가 면사포를 벗고

홀연히 사라진 후
다시는 그곳에 가지 않았다
해마다 이때가 되면
골짜기가 그녀의 향기로 흥건하다는 소문은
빈 하늘 아래 전설처럼 나를 유혹하지만

서리꽃

11월,
아직은 스러지지 않는
나뭇잎과 꽃잎과 풀에게
서리는 밤새 투명한 코팅제를 씌워
살아있는 생명들의 이글루를 만든다
표정은 차가우나
마음은 절절 끓는 그이처럼
얼음은 차갑지만 그 안은 따듯하므로,
하지만 지상에 햇살이 도착하는 순간
밤새 쌓은 탑이 무화된다는 것도 알고 있지만
시한부, 그것이 그들의 삶인 듯
날마다 새벽이 올 때까지 얼음벽을 쌓고
마당 가득 서리꽃을 피운다
덕분에 나는
아침마다 꽃의 꽃들을 보느라
마음이 호사롭다

쓸쓸한 불안

이깟 파를 다듬는 동안에도 영원에 이르는 공상을 한다
그것은 농익어 가지를 떠나는 낙과처럼 나를 밭가에 홀로
두고 저 언덕 위로 걸어가는 그의 뒷모습이란 생각도 들었
다 한동안 시골집에 머물다 도심으로 돌아갈 짐을 꾸린다
가볍고 싶었으나 그럴 수 없었다는 걸 짐을 챙기는 순간
알게 된다 가을이 기른 단풍과 배추 무 파 당근이 든 보따리
는 그렇다 치자 사소한 욕망과 아무렇게나 뭉퉁거려진 짐이
내 꼴 같다 하지만 단 하나 나를 위로하는 것이 있으니
뒷좌석에 둔 모과의 향이다 차 안 여기저기서 이상한 소음
이 귀를 괴롭힌다 짐칸에서 덜컹거리는 보따리가 매번 왜
이러냐 버럭하는 것만 같다 그런 그들도 시간이 지나자 자
리를 찾은 듯 조용하다 이제 주소를 찍지 않아도 본가로
데려가 줄 자동차, 그곳에 도착하면 얼마 못 가 다시 꾸리고
말 짐을 내리느라 부산하겠지 집안의 공기는 나의 숨소리나
냄새를 암호로 인식하여 비상감호 장치를 해제할 거고 나는
잠시 모과향 나는 살 냄새나 시골의 햇살을 그리워하다 그
게 아니라는 듯 마음을 고쳐먹겠지 웃다가 울다가 체념하겠
지 그러다 겨우 또 여기야! 하면서 익숙한 곳에 안착했다는
쓸쓸한 불안과 따듯한 안도를 펼쳐놓고 바라보겠지

아란 아일랜드

　엄마 치맛자락에 숨은 아이처럼 섬 속의 섬 아란 아일랜드, 이렇게 멋진 이름을 가진 곳이라면 눈부시겠지 좁은 골목이 없어 어깨를 부딪칠 일 없는 곳, 봄에는 온갖 야생화가 섬의 겨드랑이까지 점령하겠지 비갠 하늘은 또 얼마나 빛나겠어 새들의 천국, 사철 꽃향기를 실어 나르는 해풍, 바람의 제국이니까 낙원이겠지 바다 색깔은 천만 가지 블루, 그 섬을 지키는 어부들은 또 얼마나 푸르겠어 어디에 살아도 우린 섬이지만, 이 아침 나는 빌딩 숲을 거닐고 무엇을 해도 그대가 좋았다는 아란 아일랜드, 언젠간 물처럼 흘러갔다 다시 오라는 말로 시작되는 엽서를 그곳에서 쓰겠지 그립겠지 눈물나겠지 혼자니까 섬이니까 아니 섬이어서 혼자여서가 아니라 아름다운 곳일수록 인간은 더 멀리 더 높이 날아오를수록 갈매기처럼 외롭고 고독한 존재니까.

시에 대한 변

#49:51=1000이라는 총체적인 힘, 꽃

나의 생각0 : 이즈음 내 머릿속은 꽃으로 가득 차 있다. 꽃은 영점의 글쓰기다. 망각에 대한 기억하기다. 대체로 아름답고 예쁜, 그래서 의혹의 불씨인, 전혀 다른 모습일 수도 있는 꽃은 사랑이다. 하지만 왜 눈물이 흐르는지, 춤추고 싶은지, 아픈지. 꽃의 화인을 생각할 때 젊은 날의 자화상은, 스스로 그러함을 간파할 순 있어도 고백할 순 없었다. 그러나 지금 나의 꽃은 강렬했던 기대의 영역, 암묵적 명성의 유혹과 결탁이 스멀거릴 때 종적을 지웠던 것 한철 꽃은 말을 넘어선 웅변이기도 하고, 슬픔과 비애의 집이기도 하고, 현실의 왜곡이기도 하다는 걸 이제야 조금 알아가고 있다. 과민한 영혼의 균형추가 찌릿하다. 승화한 고통이어서 아름답다, 꽃.

벌판한복판에꼿나무하나가잇소 近處에는 꼿나무가하나도없
소 꼿나무는제가생각하는꼿나무를 熱心으로생각하는것처럼 熱
心으로꼿을피워가지고섯소. 꼿나무는제가생각하는꼿나무에게
갈수업소 나는막달아낫소 한꼿나무를爲하야 그러는것처럼 나
는참그런이상스러운숭내를내엿소

—「이상, '꼿나무」

나의 생각1 : 생각하는 꽃나무. 영혼을 치유하는 기계가
있다. 꽃의 미래는 낭만적 감탄은 아닐 게다. 꽃은 물감 쏟아
지는 빛의 공장, 공유 미술관이다.

　"시각을 넘어서는 이상의 눈에는 그의 심정이 투영된 회화성이
존재한다. … 고흐는 살아있는 동안에는 별에 갈 수 없고 죽음의
기차를 타야만 갈 수 있다고 말했지만, 별이 빛나는 밤하늘을
끊임없이 그렸다."

—박상순, 『나는 장난감 신부와 결혼한다』 중에서

생각하는 별빛. 고흐가 밤하늘의 별을 그리기 전까지 밤하
늘엔 별이 없었다. 사랑의 본질에 대한 통찰이 그러하듯,
너를 알고 싶어 꽃, 나무, 이상. 사랑할 줄 아는 것이 감탄하
는 것과 다르듯 인정받을 가치를 툭 밀어내는 꽃.

나의 생각2 : 꽃과 결혼하지 않은 이상, 시는 춤추는 꽃과

좋아하는 꽃 사이를 흉내 내고 중심을 흔들며 달려간다.
현상만 남은 무대, 언어의 회화성.

나도 안다, 행복해하는 사람만이
사랑받는다는 것을. 그의 그런 음성은
듣기 좋고, 그의 얼굴은 보기 좋다.

마당의 구부러진 나무는
땅의 토질이 나쁘다는 것을 말해준다. 그러나
지나가는 사람들은 으레
나무가 못생겼다 욕하기 마련이다.
　　　─베르톨트 브레히트, 「서정시를 쓰기 힘든 시대」 중에서

나의 생각3 : 인지, 천 개의 찬란한 태양은 관념이다. 우리
들의 정열이 불타올라 희망과 고통을 연장시킬 때, 무슨
꽃이 필지는 아무도 모른다. 다만 너와 나는 예외이다. 우리
의 사랑은 양에 있는 것이 아니라 보통의 수로는 헤아릴
수 없는 질에 있기 때문이다.

나의 생각4 : 판단력, 원자의 지침이 내장된 저울을 생각
한다. 자신의 무게를 덜어내고 싶어 하는 사람은 무거워지
기를 바라는 것이다. 이것인가 저것인가에 따라 영혼의 파
동은 한층 더 예민한 착각을 한다. 허영심의 피부. 흉악한

히틀러를 '그림쟁이'로 풍자한 브레히트. "사랑은 정의롭지 못한 사람뿐 아니라 상황에 따라서는 정의로운 사람에게도 피부 속까지 흠뻑 젖게 하는 비처럼 공평하다."라는 니체의 말은 서정시를 써야만 하는 시대를 사는, 인간적인 너무나 인간적인 시인의 숙명이다.

51:49일뿐인 나의 생각 : 나는 스스로 독자가 되어 꽃의 말을 읽는다. 꽃말은 언제나 집요한 묘사이다. 호의적인 꽃말의 가면. 그러나 나는 유감스럽게도 명백하고 강력한 믿음으로 꽃의 정직성을 믿는다.

"의도로부터 자유롭다는 것"–이것이야말로 세상에서 더할 나 위 없는 유서 깊은 귀족이다.
이것을 나는 모든 것들에 되돌려 주었다.
그렇게 하여 나는 모든 것을 목적이라는 것의 예속 상태에서 구제해 주었다.
　　　　　　　　—니체, 『차라투스투라는 이렇게 말하였다』에서

일독한 후 나는, 니체가 차라투스투라의 입을 빌려 말한 자유로운 창조적 활동 가능성을 떠올렸고 생각했다. 아마도 이것은 내가 가진 '시력의 유전적 결함'이라고나 할까 세상과 사물을, 그리하여 대상을 근시안적 실루엣으로만 보았을지도 모르는 일, 그래서 늘 제삼자의 눈을 통해 세상보기를 할 수밖에 없었던 것인데, 결국은 멀리 돌아오는 수고를 바친 후에야 선명한 신세계를 볼 수 있게 되었단 거지. 나는 '꽃'이라는 형상을 허무적이고 데카당스적인 성격으로 풀어내는 한국시의 맥락에 대한 은근한 비토를 나름 잣대로 지녔었는데 언제부턴가 '꽃'은 긍정과 가능성 확보를 위해 깨금발로 한걸음 내딛다 환한 하늘로 비상할 것 같은, 이것이야말로 우리의 생이 아스라한 절벽의 한 송이 꽃 같은 '사랑'과 '갸륵'이 아니고 무엇이랴.

49:51＝100이라는 총체적인 힘, 꽃 : 북상 중인 태풍의 영향으로 생각이 단계를 잃는다. 서정은 액체일까, 고체일까, 기체일까, 아니면 원소일까. 어떤 것도 아닌 비물질의 물질일 거라는 의식을, 근사한 수학적 알고리즘을 멈추고 너에게로 간다. 몸도 마음도 흡족한 타협을 모른다. 평형을 잃은 저울추가 여전히 네게로 기우는 까닭이다. 그리고 다시 나는 나로 돌아온다.

불안을 내려놓자 낮은 신음소리로 달려가던 강은 물비린내로 깊어지고 말았습니다 깊다는 건 넓이를 어둠 속에 담고 있다는 것이겠지요 높고 깊고 소스라치게 그윽한, 그럴지라도 생각과 몸이 기우는 곳은 여전히 당신입니다 풀잎을 흔들던 바람은 기어이 가을을 문 앞에 세우고야 말았습니다 구름 사이로 귀소하던 두루미 떼의 유연한 비상을 보았던가요 눈앞의 강은 그대로인데

몽유라면 이 같은 그림을 눈앞에 전개한 자연과 살아있음을 감사로
전언하는 당신이야말로 전 생애를 통틀어 가장 황홀한 몽유지요
　　　　　　　　　　　　—나의 졸시 「몽유강천보기」 중에서

숲은 태초의 세례의식처럼 경건하고
살아서 지내는 장례의식처럼 성스럽다
신기루였을까
잠깐 춥고 잠깐 포근했다가
이내 무덤 같은 평안이 깃든다
나는 배가 고프지도 않았고
오줌이 마렵지도 않았다
심지어 아무도 그립지 않았다
　　　　　　　　　—나의 졸시 「아무도 그립지 않았다」 중에서

나의 네 번째 시집 『슬픈 농담』 이후 16년 만에 다섯 번째
시집을 묶는다. 공백이 길어 그동안 여러 지면에 발표한
시편들을 찾아 모으는 작업은 쉽지 않았다. 물론 미발표작
도 있고 산문집 행간에 숨겨둔 시편들도 찾아 합류시켰다.

나는 시詩에 빚진 자다. 산문散文에 빠져 있는 동안 불러
달라 애원하는 시詩의 아우성을 듣고도 번번이 외면했다.
이제 말이지만 죽고 못사는 애첩의 아양에 바윗돌 같은 본
처를 살필 겨를이 없었다. 그러나 언젠가는 본가로 돌아가
야 한다는 걸 왜 모르겠는가.

"땅에서 발을 떼자 두려움으로 숨이 멎을 것 같았거든. 그때 엄마가 가르쳐 준 대로 죽기살기로 두 팔을 움직였더니 어느새 내가 하늘을 날고 있더라구. 이제 네 차례야. 너도 해봐. 날 수 있어. 날 수 있다니까. 어서"

무슨 말이 필요할까. 늦었지만 이제라도 내 어머니의 가르침을 기억하려한다.

꽃이 바람에 흔들리는 자연의 섭리에서조차도 하루하루를 풍요롭게 하는 저 숱한 즐거움과 비밀한 순간들. 크고 드문 것보다 작지만 헤아릴 수 있는 꽃말을 닮은, 그러므로 나의 문학은 절대의 너와 깊은 산 중에 홀로 핀 한 송이 꽃으로 축약된다. 그중에서도 시詩는 삶을 통틀어 독서와 여행, 사랑과 사색, 잔잔한 일상이 투영된 총합이 아닐까 싶다.